点をつなぐ

Kato Chie
加藤千恵

角川春樹事務所

点をつなぐ

一

いつのまにか眠っていたらしい。着陸案内のアナウンスによって目を覚ました。目の前のシートポケットに入れておいたはずの、スープを飲み干して空になった紙コップも片付けられている。

「着陸に際し、気流の悪い中を通過することがありますが、飛行には影響ございません」

アナウンスの言葉どおり、飛行機はやけに揺れる。少しすると、窓の外に陸地が見えてきた。白に包まれた風景。高校卒業までの十八年間を過ごしてきた場所。

こうして上空から町を眺めていると、ぽつりぽつりと雪にまつわる思い出が胸をかすめていく。冬には毎日のように雪が降っていたこと。秋頃、雪が降る前には必ず雪虫と呼ばれる虫が発生して、自転車をこいでいる顔に当たって不愉快だったこと。学生時代にはスキーの授業があったこと。

ただ、不思議なことに、思い出をいくつ浮かべても、懐かしさというものはあまり生まれない。それよりは、今の自分がいる位置を改めて意識するような感覚が強い。

轟音《ごうおん》と揺れとともに、飛行機が着陸する。白い景色の中で、滑走路だけはアスファルトをむき出しにしている。後方から、着いたねー、と嬉《うれ》しそうな子どもの声がする。

シートベルト着用のサインが消されるやいなや、乗客たちは立ち上がり、上部の収納棚に入れていた荷物を取り出していく。隣に座っていた人がスペースを空けてくれたので、わたしも慌ててバッグを取り出した。

実家に多少洋服を残していることもあり、荷物は機内持ち込みできるサイズのボストンバッグに詰め込んできたので、預けていない。帰省時はいつもそうだ。

流れにまじって、機内から空港への道のりを進む。出発地の羽田空港と比べれば、ずっと小さな空港なので、その分移動は楽だ。まだ動き出していないベルトコンベアの横で、荷物を待っている人たちを横目に、出口へと進む。

少し離れたところに、父はいた。わたしを見て小さく、本当にごくわずか、片手をあげた。

母からは、美容室に行くからお父さん一人で迎えに行くね、というメールをあらかじめ受け取っていた。

「少し遅れたんだな、到着」

「ごめんね。待たせちゃって」

久しぶりの会話に、どこかぎこちなさを感じてしまうのは、わたしのほうだけだろうか。ペースをつかみかねている。前に会ったのは夏休みだったから、四ヶ月ほど前だ。

「どれ、持つよ」

父はそう言うと、返事を待つこともなく、わたしの手からボストンバッグを取り上げるようにして持った。

二歩ほど前を歩く父の後ろ姿は、夏に見たときよりも、老けたように感じる。白髪が増えたのかもしれない。無理もない。もう六十歳になったのだ。

自分の二十八歳という年齢もうまく飲み込めていない感じがするのと同じように、父親の六十歳という年齢にも違和感をおぼえる。毎年一つずつ歳《とし》を重ねていくという単純な事実が、理不尽に思えてしまう。時間の流れはいつからこんなにも速くなっていってしまったのだろう。それは仕事をしていても感じることだ。ずいぶん遠く思っていたはずの数ヶ月先の未来に、あっというまに追いつかれている。

六十歳の父が、二十八歳のわたしの重たい荷物を持つことは不自然ではないだろうかと思う一方でまた、取り返すことは、父を傷つけてしまう気がして、おとなしく後をついていく。外に出たとき、思わず、さむっ、と声が出た。

空港前の電光掲示板の温度計は、氷点下を示している。顔などの露出している部分はもちろん、身体《からだ》全体に、コートを通り抜けて、寒さが突き刺すように感じられる。

外を歩き出してすぐ、自分の履いているブーツが、ここには合わないことを知った。東京で買ったものだからだ。ところどころ凍ってツルツルになっている雪道を歩くと、今にも転びそうになってしまう。こうした道を歩くのに必要なのは、慣れではなく、適切な靴なのだ。すっかり忘れていた。

「なんだお前、滑るのか」

振り返った父が、危なっかしい歩き方をしているわたしに気づき、そう言って少し笑った。うん、とわたしも笑って答える。父が危なげなく歩いていることに、頼もしさというより、安《あん》堵《ど》をおぼえた。

なんとか転ぶことなく、紺色の乗用車の助手席に乗り込んだ。

わたしのボストンバッグを後部座席に置いてから、運転席に座った父は、ダッシュボードの上に置かれていた眼鏡を、かけていた眼鏡と取り替える。

「新しい眼鏡なの？」

「ああ。運転中はこっちにしてるんだ。老眼がひどくてダメだ」

父の老眼も、今に始まった話ではない。わたしが高校生だった十年ほど前にはもう、話題にあがっていた。それでも老いを意識してしまうのは、高校時代とは異なり、たまにしか会うことがないせいかもしれない。

車が走り出してからは、しばらく二人とも黙っていた。ラジオもつけていないので、車内は静かだ。飛行中、切っていた携帯電話の電源をつけた。メールも電話も入ってはいないようだった。

「仕事は忙しいのか」

「まあ、ぼちぼち」

「相変わらず帰りは遅いのか」

「そうだねー。大体いつも九時くらいまで仕事して、家に帰るのは十時くらいかな」

「そんなに帰りが遅いのに、わざわざ遠いところに住まなくてもいいのにな」

車内には二人だけなのに、別の誰かに向けるようにして、父は言う。こういう話し方は、時々あることだった。

違うよ、とわたしは思う。

別にわたしは好きで職場から遠いところに住んでるわけじゃないよ。ただ職場の近くは家賃が高いし、今の家は、前の職場である店舗からはすごく近かったの。そもそも東京だと、一時間くらい通勤にかかるのは、わりと普通のことだよ。中には新幹線で通勤するような人もいるっていうし。そりゃあこっちだと、一時間の通勤時間なんてありえないかもしれないけど。

思いを口に出さないのは、もう既に何度も話したことだからだ。父にも母にも、ちゃんと説明した。それでもこうして帰ってくるたびに、同じようなことを言われるのだ。きっとそのときはわかっても、根本では理解できないのだろう。両親の理解力のなさというより、環境の違いなのだ、きっと。

黙ったまま、窓の外に目をやって、流れる景色を見る。道路の端のそこかしこに雪山があり、広い道を圧迫している。運転免許は持っているけれど、最後に運転したのがいつだったか思い出せず、もはやペーパードライバーとなっている。スリップの体験談を聞くたび、雪道の運転は余計に恐ろしくなってしまう。

対向車線側にコンビニが見えて、わたしはあることを思い出し、父に言った。

「ねえ、家に帰るまでにコンビニ寄ってもらってもいい？　あ、できたらテンバードがいいな」

テンバードは、このエリア限定のコンビニで、オリジナルスイーツも豊富なはずだ。ラインナップを見たいし、味も確かめたい。できたらオリジナル飲料も買っていこう。

父は質問を返してきた。

「甘いもの買うのか？」

「そのつもりだけど」

意図がわからないまま答えると、さらに言われた。

「だったら、昨日母さんがたくさん買ってたぞ。みのりがいろいろ食べるだろうから、って。冷蔵庫に入ってるよ」

「え」

声が出たのは、嬉しさからではなかった。むしろ逆の感情に近い。一体どのお店で、どんなものを買ったのだろうか。冷蔵庫の棚に並んでいるであろうスイーツ類の中に、わたしが望むものが入っているわずかな可能性を信じたい気持ちだった。

車の中で父が話してくれたように、冷蔵庫には母が買ってきたといういくつものカップスイーツがあった。プリン、パンナコッタ、チョコレートムース、杏仁豆腐《あんにんどうふ》。どれもフラモスの商品であることを示すシールが付いていた。

思いが届かなかったことを知った。

フラモスは全国シェア一位のコンビニで、当然のことながら、東京でもよく見かける。わたしのマンションの最寄り駅近くにも店舗がある。だからどれも、何度となく買ったことのある商品だ。

それらの見知った味のスイーツを食べているときや、冷蔵庫を開けて並ぶカップ類を見たとき、多分、中学時代や高校時代のわたしのほうが強かったんだろうな、としみじみと思ってしまう。こんなの違うじゃんとか、余計なことしないでとか、思いをそのまま口に出せたのは、親の老いや弱さについて考えることなんてなかったからだ。今とは違う。

そして実家で過ごす時間は、どうしてこんなに眠気に襲われるものなのだろう。帰省した当初の三十日と三十一日は、大掃除の手伝いをさせられているうちに過ぎていき、元日はほぼ眠っていた。普段の睡眠不足を取り戻すかのような勢いだった。

起きている時間は、もっぱら母の話に付き合っていた。近所の人がどうしたとか、親戚《しんせき》がどこに出かけたとか、習い事でこんなことがあったとか、相づち以外は必要とされていない話題ばかりだ。

ただ、もはや母が趣味で育てている観葉植物置き場となっている、以前使っていた自分の部屋にいるときのほうが、今一人暮らしをしている東京の部屋にいるときよりもよく眠れるのは、自分の身体が、まだ東京に馴染《なじ》めていないのだと知らされているようで苦しい。大学進学をきっかけに上京して、もう十年も経《た》つというのに。

そして二日の夕方である今、さっき家を出て、母の運転する車で、駅の近くまでやってきた。飲み会のためだ。

この町にいると、車なしでは移動できない。バスもわずかだし、電車も近距離移動には向かない。ペーパードライバーのわたしは、まるで役立たずだ。両親がやけにわたしを子ども扱いするのは、そのせいもあるかもしれないと感じてしまう。

母に礼を言い、指定された店の中に入ると、そこには二人の友人がいた。一人の横には、幼児が座っている。男の子。確か、聖《せい》くんという名前だったはずだ。

「久しぶりー」

そう言いながら近づいていくと、久しぶりー！　とこちらを上回る勢いの声が二人からあがった。

「今年は帰ってこられたんだねー、よかったね」

「うん、そうなの。それより大きくなったね」

聖くんはわたしの顔をちらりと見たものの、母親にしがみつくように座っていて、離れようとしない。

「ほら、みのりちゃんだよ。挨拶《あいさつ》は？　なんて言うの？」

「……こんばんは」

消え入りそうな声で言われて、こんばんは、と明るく返した。

「しゃべれるんだね。前見たときは赤ちゃんだったのに」

「三歳だからねー」

「もうそんなになるのかあ」

むしろ独り言に近い思いの吐露だった。前に会ったとき、聖くんは何ヶ月だっただろうか。

もうひとりの友人に訊《たず》ねる。

「直実《なおみ》のとこの子はいくつになったの？」

「うちは今八ヶ月。今日は旦那《だんな》に見てもらってる」

「そうなんだ、旦那さん優しいね」

「平日は、帰ってきてお風呂《ふろ》入って寝るだけだけどね。帰りも遅いから仕方ないんだけど」

「普段は帰ってくるの何時くらいなの？」

「九時過ぎとか」

「わー、それじゃあ、直実が大変だね」

二人の友人の会話を耳にして、戸惑いが生まれた。わたしの場合、九時過ぎに家に着いたときには、早く帰ってこられたと思うとは言い出せそうにない。

それから立てつづけに友人たちが合流し、男女まじった十人ほどが揃《そろ》った。うち三人が子どもを連れている。乾杯を済ませて、みんなで話し始める。とはいえ十人もいれば、話題はそれぞれのテーブルで分割されてしまう。

ちょうどテーブルとテーブルの境目に座っていたわたしは、左側の話にも、右側の話にも加わるようにしていたけれど、どちらの席でも、交わされる話題は似たようなものだった。

結婚、配偶者の欠点、育児の悩み、保育園、マイホーム、義理の家族との関係性。

興味をまったく持てないわけではないけれど、聞いているうちに、どんどん距離を感じてしまう。目の前の友人たちに流れている時間と、自分に流れている時間が、異質なものみたいに感じられる。共通点を探そうとすればするほど、自分だけが部外者のように思えた。同じ教室で、同じ話題で、同じように笑ってきた子たちなのに。

相づちばかりで、言葉を発していないわたしに気づいたのか、一人が訊ねてきた。

「ねえ、みのりは最近どう？　東京で彼氏いるの？」

「え、ううん。全然だよ」

突然話を振られた驚きで、早口になってしまう。

「えー、ほんとー？　なんかあやしいなあ」

「ほんと。好きな人もいないし」

「そうなんだ。じゃあさ、立川《たちかわ》と付き合っちゃえば」

「ええ、おれ？」

立川の声のトーンが、やけに高い大げさなものだったことで、場に笑いが生まれた。

立川は今、塾講師をやっている。同級生の中では珍しい。ここに残っている同級生たちは、たいてい、公共施設か病院か店舗に勤めている。この町には、いわゆる普通の会社というものが少ないのだ。今日のメンバーは、ふだんはここから特急で一時間半ほどかかる町に住んでいる人が多いのだけれど、そこでもやっぱり看護系の職業についたり、公務員になったりするパターンが多い。

「だって今、完全フリーなのって、二人だけじゃない?」

言われたことで、思わずみんなの顔を確認してしまう。既婚者、婚約中、既婚者、既婚者、同棲中《どうせい》……。友人の言葉は正しいようだ。

さらに質問が向けられる。

「みのりは、こっちに帰ってくる可能性はないの?」

「んー、今勤めてるとこは、ここには店舗がないからね。転勤自体はありうるけど」

「じゃあ、こっちでお店オープンさせちゃうのは? みのりがレシピ考えたスイーツで」

「わ、それ行きたーい。食べてみたいなー」

「あ、ねえねえ、わたし、みのりに提案しようと思ってたんだけど、あったかいスイーツって難しいの? お弁当みたいに、レンジであっためるようなのがあると、冬もいいと思うんだけど」

「それ超いいアイディアだね!」

わたしの仕事はレシピを考えることではない、とも、レンジであたためるスイーツは既に数年前から商品化されている、とも、冬季に売り出す商品はもっと早くから考える必要がある、とも言わずに、わたしは笑う。言うほうが誠実なんだろうなと思いながら。たった今、わたしは、どこかのシャッターを下ろしたのかもしれない。

立川がトイレに行ったタイミングで、わたしは時刻を確認した。午後十時半。ずいぶん飲みつづけていたのに、まだそのくらいなのか、と驚いてしまうけれど、五時半から集合していたのだから、考えてみれば不思議はない。

帰りは遅いのかと父に訊《き》かれ、多分、と答えていた。

大学時代に帰省して、今日のように集まったときには、深夜や明け方まで飲むことがザラだった。河川敷で花火をしたり、失恋したと泣いている一人をかわるがわる慰めたり、ルールもよくわからないまま麻雀《マージャン》をしたり。

七時半を回ったところで、子どもを連れてきた三人が、そろそろ帰るね、と言った。そこに便乗する人もいて、残った四人で店を変えたけれど、気づけば女子はわたし一人だった。

そこでは思い出話ばかりしていた。わたしたちが同じ時間を過ごした、高校時代のこと。知らなかった事実を聞かされたり、聞いているうちに思い出すことがあったりして、学生時代に戻ったような気分になっていた。

そして会計を済ませ、外に出たとき、立川が言った。

「もう一軒行ける人ー？」

「はいっ」

勢いよく手をあげたのは、予想に反し、わたし一人だった。他の人を誘ったけれど、子どもが、とか、彼女が、とか言われてしまっては、それ以上無理に引き止めるのもためらわれた。

それでこうして、二人でバーにやってきたのだ。

立川が戻ってきて、また隣に腰かける。

こんなバーがあるなんて知らなかった。いや、バーだけじゃない。この町のお店をわたしはほとんど知らない。わたしが住んでいた頃とは変わっているし、住んでいた頃は十代だったから、こうして飲んだりすることもなかった。

そう考えると不思議だった。慣れ親しんだ町の、まったく知らない店で、学生時代の友人と、カウンターに並んでお酒を飲んでいるなんて。学生時代にはもちろん想像しなかったことだ。

「さっき、びっくりしたんだ、実は」

「さっき？」

わたしは訊きかえす。こういう場所で交わす会話は、思わず小声になってしまう。

「二人が付き合っちゃえばいいじゃん、みたいに言われて」

「ああ、一軒目のこと？」

答えながら、薄い眠気に覆われる感覚があった。思考の結びつきが遅くなっていき、顔だけがぼんやりと熱い。酔っぱらっているのかもしれない。

「そう。知らなかったと思うけど、実はおれ」

続きを待ったのに、なかなか出てこない。やっぱりいいや、などと言い出す。

「何それ。気になるじゃん」

「別に大したことじゃないって」

「じゃあ話してよ」

またちょっと、やっぱなし、などと再び言いよどんでいた立川は、けれどこう言った。

「滝口《たきぐち》のこと好きだったんだよ」

「え、わたし？」

「あれ、他にも滝口っていたっけ？　いないよな」

「知らなかった。全然」

素直に感想を伝えた。昔の片思いの告白かー、こういうのドラマでありそう、と頭のどこかが動く。それでも全体に思考はゆるやかだ。

「やばいな、超恥ずかしいじゃん」

そう言うと、立川は、わたしの背中を左の手のひらで三回、ぽんぽんぽん、という感じで軽く叩《たた》いた。三回目のあと、手のひらは背中に置かれる。背骨から、お酒のせいで少し速くなっている鼓動が伝わってしまいそうだった。

立川とセックスするという選択肢もあるのだろうか。

触れられていることを、いやとは思わなかった。酔っているからかもしれない。このまま自分の左手を背中に回して、立川の手に重ねるなんて、実にたやすいことのように思えた。悪くない気すらした。

傾きかけていた感情の中で、立川との高校時代の思い出がよぎった。学祭で使うペンキやスプレーといったものを、近くのホームセンターに、自転車で買いにいったときのこと。二軒目で話題に出ていたから、容易に思い出せた。

ここで簡単にセックスしたら、高校時代の自分にも、高校時代の立川にも悪い気がした。

「だいぶ酔ってるんじゃないのー。帰ろっか」

わたしは軽く言い、あくまでもグラスを取るための動きを装って、上半身を前に傾けた。立川の手は離れた。

「そこまで飲んでないと思うんだけどなー。でもそろそろ帰るか」

あっさりと立川も同意したことで、安堵と寂しさが生まれた。


空港までは、またしても父一人が送ってくれることとなった。母は今日は、カラオケ仲間との新年会があるのだという。

来たときと同じく、車内は静かだった。

沈黙が居心地悪く感じられたのは、やはりわたしのほうだった。

「さちほからは相変わらず、連絡来てないの？」

久しぶりに口にする名前だった。実家にいるあいだ、わたしの口からも、両親の口からも、一切出なかった名前。

父は黙って首を横に振り、言った。

「生きてるのか死んでるのかもわからん」

さすがに本気で、後者だと思っているわけではないことが、言い方からわかった。わたしは、そっか、と答える。本当は既に知っていた。連絡が来たとしたら、それを両親がわたしに黙っているとは思えない。

また沈黙が生まれる。一昨年早期退職した父の、最近のアルバイトのことでも訊こうかと思っていると、反対に質問された。

「そろそろ結婚なんて考えないのか」

意外だった。前にも同じことを訊かれた記憶があるけれど、そのとき父は酔っていたのだ。そのせいだろうと思っていた。

「うーん、まだかな。今は仕事も忙しいし、相手もいないし」

「そうか」

わたしは外に目をやった。ひょっとすると父は、この質問をずっと持っていたのかもしれない、という気がした。わたしが帰る間際まで、出すタイミングを見計らっていたのかもしれない。

だとすると切ないと思った。

立川の顔が浮かんだ。昨日の夜の出来事を、意識しているせいだろうか。

もしも立川と結婚して、わたしがこの町に戻ってきたら、両親は喜ぶだろう。子どもが生まれたら可愛《かわい》がり、何かと世話を焼きたがるだろう。わたしは子どもが小さいうちは専業主婦になって、時々は近くに住む知人や友人たちと、お盆や年末年始には、遠方から帰省する友人たちとも会う。家を買うかどうかで悩み、帰りの遅い立川に文句を言う。

いくらでも想像は広がりそうだったけれど、無責任で突拍子もない、実現するとは思えないものだ。こんなに大人になってもまだ想像を広げているなんて、バカげている。思わず口から、ふっ、という息が小さくこぼれた。

いつのまにか眠っていたらしい。着陸案内のアナウンスによって目を覚ました。コーヒーを飲み干して、目の前のシートポケットに入れておいたはずの紙コップも片付けられている。

そういえば行きもこうだった。

わたしは窓の外に目をやる。

行きに見た景色とはまるで違う、白くもない町が遠くにある。線のようにつながっている綺《き》麗《れい》な光は、車だろう。それ以外の場所も、やけに光り輝いている。東京。

帰ってきたんだな。

白い町を見たときには思わなかったことだと気づいて、奇妙なズレを感じる。

わたしの家ってどこなんだろう。そして目的地は。

空港内のコンビニをチェックしてから帰ろうと決めた。明日からはまた仕事が待っている。肩を動かした。重たい身体。

二

朝からずいぶん寒い気はしていた。

上京してからというもの、雪国の出身であることを伝えると、寒さに強いのだと相手に思われてしまいがちだけれど、事実は逆だ。少なくともわたしは寒がりで、冬は起きるのが余計につらくなる。

寒冷地域の住宅というのは、それだけ寒さに対するつくりもしっかりしているのだろう。窓が二重になっていたり、絶対に隙間《すきま》風が入り込まないようになっていたり、そもそも暖房器具も充実している。実家が暖かかったのだということを、一人暮らしを始めて最初の冬に知った。

一人暮らしを始めたのは、大学入学がきっかけだった。都内にある大学の経営学部に進学したわたしは、入学前の春休み、母と一緒に不動産屋を回りながら、東京の家賃の高さに驚き、暗い気持ちになっていた。

大学が私立だったし、下に妹がいるのもあって、とにかく家賃が安いというのが部屋探しの条件だった。

そうして見つけた部屋は、築四十年ほどの二階建てアパートの一室だった。六畳の和室、三畳の台所、お風呂《ふろ》とトイレ。お風呂はいちいち、浴室内に設置されたガス栓をひねってつける必要のあるものだった。バランス釜《がま》という名前を、不動産屋の説明によって、生まれて初めて耳にした。

陽当《ひあ》たりも悪く、隣の部屋の物音や上の部屋の足音が、やけに響いた。梅雨時期には押入れの板の部分にカビが生えかけ、バランス釜の種火はしょっちゅうつかなくなった。

そして夏は暑くて冬は寒かった。他の問題と同じように、てっきり、自分が住んでいる部屋の構造のせいだろうと思い込んでいた。そうではなく、東京の部屋はどの室内も寒いのだと知ったのは、大学時代にできた彼氏の部屋によく泊まるようになってからだ。彼の部屋は、わたしのところより家賃が高く、そのぶん築年数は浅く、設備もしっかりとしていた。

彼の部屋にいても、寝つくときや目覚める際に、寒さを肌で実感した。指先やつま先はうんと冷たくなって、入ったばかりのベッドは冷えている。お風呂あがりの髪は早く乾かさなければばいけない。地元のように、室内で半袖姿で過ごすような真似《まね》は、ここではできないのだと、ようやく理解した。

あれから引っ越しを重ね、今の部屋は三つ目だ。

大学時代の四年間を過ごした部屋。就職してから短い期間だけ暮らした、ほぼ眠るためだけの空間となっていた部屋。通勤時間を削るため、とにかく何も考えずに引っ越した今の部屋。もう二度の更新を終えたところだ。

今の部屋に引っ越したとき、どんなふうに不動産屋をめぐり、どんなふうに探していたのかを思い出せない。十年前の大学入学時の記憶のほうが、ずっと鮮明だ。不動産屋の説明ひとつひとつに相づちを打っていた母親の横顔とか、畳の匂《にお》いとか。

記憶が不明瞭《ふめいりよう》な理由はハッキリしている。とにかく忙しかったのだ。毎日毎日働き、見える部分も見えない部分もすり減らしていた。何も憶《おぼ》えていないというのは、さすがに大げさかもしれないけれど、今またあの時間を繰り返すことになると言われれば、わたしは迷いなく逃げ出すだろう。

入社直後、社員は店舗に配属される。そこで店長業務を学び、現場の声を知るのが目的だ。わたしも例外ではなかった。コンビニチェーンに就職した以上、当然だろうとも思っていた。

それでも忙しさは予想外だった。客として通っていたときにはまるで気づかなかった、細かな業務が溢《あふ》れていた。それらをこなす一方で、接客や品出しといった基本的な作業を行う必要がある。バイトやパートを含めた人員のシフト作成、店長ミーティング、店舗独自のポップ制作。たった二十四時間で一日が過ぎてしまう当たり前の事実を理不尽に思うくらい、あらゆるものの足りなさを痛感していた。

学生時代はずっと、運動部や体育会に所属し、テニスやバドミントンをやっていたので、体力には自信があった。それが自分の売りだと思っていた。平均よりも少しだけ背が低く、体重も軽いというギャップがあるせいかもしれないけれど、事実、体力についてほめられることも多かった。

自信は徐々にそぎ落とされていった。忙しさという波の中で、自分が削られていくのがわかった。物理的な仕事の多さに加え、人間関係もまたハードな様相を帯びていた。ある程度はどんな職場にだって人間関係の問題は生じるのだと、数年が経《た》った今ならわかるけれど、大学を卒業したばかりのあの頃のわたしには、充分すぎるほど重荷で、厳しいものだった。ちょっとした諍《いさか》いが起きるたびに、きりきりと胸を痛め、バイトの子から出たちょっとした不満を、自分に向かって飛んでくる石のように感じていた。

店舗に関《かか》わるすべての人のみならず、会社全体に、そして社会に、認められたいと思っていた。とにかく頑張っている自分をわかってほしかったし、必死だった。

忙しさの中で、大学時代からの彼氏とは別れ、友人たちともあまり会えなくなっていた。寂しいとか悲しいとか、そういうのを考える暇もなかった。

とにかく店舗の近くに引っ越そう、と決めたのはいつだっただろうか。通勤時間を短縮することで、さらに仕事ができるのではないかという気がしたし、それはとても名案に思えた。当時のわたしに必要なのは、空回りに近いさらなる労働ではなく、休息だったのに。

店で働き、帰宅後や休日には引っ越しのための準備を進めていた、あの頃のわたしの睡眠時間がどれくらいだったのか、今となってはわからないし、知るのが恐ろしいくらいだ。倒れなかったのが不思議だし、幸運だったと思う。

あれから月日を重ね、今は商品開発部門で働いている自分がいる。相変わらず寒さに弱いけれど、もしかすると、がむしゃらに働いていた頃の自分は、こんな寒さにすら気づいていなかったかもしれない。

この時期はたいてい、テストキッチンで一日の大半を過ごしている。試食会議はもう来週に迫っている。

チョコレートの甘みについて、さらにおさえるべきかどうかを藍田《あいだ》さんと話し合っていると、外から声がした。

「雪、降ってきちゃいましたね」

「ほんとですねー、びっくり」

思わず会話を止め、顔を見合わせた。

この部屋には窓がない。見てきますね、と言って、紺色のエプロンを掛けたままで出て、廊下の窓から外を確認した。

雪というより、みぞれのようだ。

テストキッチンに戻ると、どうでした、と藍田さんが言う。なんだか少し心配そうな顔だ。

「まだみぞれっぽい感じでしたけど、雪になったらまずいし、今日のところはもう出ましょうか」

わたしは言い、壁に掛けられた時計を見た。八時。いつのまにかこんな時刻になっている。

慌て気味に片付けを済ませ、藍田さんに少しのあいだ待ってもらって、同じ建物の上層階にある事務所で退勤の手続きをする。ロッカーに入れてある自分の折り畳み傘と、事務所のドアの横に置きっぱなしになっている持ち主不明の傘から、無地の一本を取り出した。黒っぽいので、これなら男の人が使っても問題ないだろう。

戻って、藍田さんに傘を差し出した。

「もしよかったら使ってください」

「わ、すみません。助かります。ありがとうございます」

キッチンを後にして、外へ出て、駅へと歩き出す。窓から確認したときはみぞれのように思えていたけれど、街灯のもとで見ると、もっと雪っぽい感じだった。

それぞれに傘を差しながら、ぽつりぽつりと話す。そこかしこに小さな水たまりができているせいで、足元ばかりが気になってしまう。黒いショートブーツに、水をしみこませないように。

「滝口さん、ご出身、どちらでしたっけ」

訊《たず》ねられて答えると、じゃあ雪なんて珍しくないですね、とどこか楽しそうに言われる。

「そうですね。でも、東京の雪はまた違う感じがします。向こうの雪はサラサラだし軽いし。こっちのほうが雨に近いですね」

説明しながら、さらに思い出すことがあり、付け足す。

「向こうにいたときは、雪が降っても、傘、差さなかったです」

「そうなんですか？　濡《ぬ》れません？」

「うーん、あんまり気にしたことがなかったのかな。誰も差してなかったから。東京に来て、雪の日に傘を差してる人たちを見て、最初は戸惑いました」

「へえ、おもしろいですね」

藍田さんに出身地を訊ねてみる。彼が口にしたのは、わたしが行ったことのない県名だった。西寄りだ。

「じゃあ雪なんてそんなに降らないですよね」

「いや、たまには降りますよ。東京より多いんじゃないのかな。でもそんなに積もったりはしないですけどね」

大きな交差点にさしかかる。冬の夜に見る赤信号は、普段よりも強く光って見える。

「会社に戻られますか？」

「いや、今日はもともと直帰する予定で」

「こんなに寒い日は、早く帰りたいですよね」

「ほんとですね」

傘を持つ手が震えそうになる寒さだ。あたたかいものを食べたい。

駅に近づいていったところで、やけに人が多いのに気づいた。同じタイミングで藍田さんも疑問に思ったらしく、人多いですね、とつぶやいた。

もしかして、と思った予感が、改札のところまで来て、事実であったとわかった。駅員がアナウンスをしている。

「えー、ただいま、雪の影響で運転を見合わせております。復旧予定がわかり次第、改めてご連絡いたします。みなさまにはご迷惑をおかけしておりまして申し訳ありません」

わたしたちはまた顔を見合わせた。テストキッチンでもそうしたように。

わたしは口を開いた。

「どうしましょうか。一緒に、動いてそうな駅までタクシーで向かいます？　地下鉄だったらきっと」

「いや、今乗るのは、厳しいんじゃないですかね。行列がすごそうですよ」

藍田さんの視線の先には、今わたしたちが来たのとは反対側の出口に向かう人の波があった。タクシー乗り場はそちら側にある。全員ではないにしても、この中の数割が待つのだとしたら、確かにかなりの行列になってしまいそうだ。

「どうしましょうか」

人の波から目を離せないまま、つぶやいたわたしに、藍田さんは一つの提案をした。

「もしお時間大丈夫なら、少しお茶しませんか？」


協力製菓メーカーに勤める藍田さんと知り合ってから、一年近くが経つ。去年の三月に、新しい担当として、前任者から紹介されたのが初対面だった。あのときもやっぱり、テストキッチンで会ったのだ。

あれから何度となく顔を合わせたり、言葉を交わしてきたというのに、こうしてカフェで向かい合うのは、ひどく不思議な感じがする。落ち着かないというのともまた少し異なる。

「すぐ動くといいんですけどね」

携帯電話で何かを調べながら、藍田さんは言う。ほんとですね、とわたしは答える。口にしたカプチーノは熱く、どういうふうに身体《からだ》の中をすべり落ちていくのかがわかるようだった。

「子どものときは嬉《うれ》しかったんですけどね、雪」

そう言うと藍田さんは、携帯電話をテーブルの上に置いた。

「はしゃいでました？」

わたしの問いに、笑顔で頷《うなず》く。

「弟と妹がいるんですけど、三人で雪だるま作ったりしてましたよ。雪だるまっていっても、そんなに積もってるわけじゃないし、全然白くも綺麗《きれい》でもないようなものなんですけどね。土だるま的な」

「土だるま」

初めて聞く言葉を繰り返し、わたしは笑った。

「そのあと風邪ひいちゃったりして、よく母親に怒られてました」

目を細めて笑う藍田さんの、子ども時代の姿を想像してみる。幼いときからずっと、こんなふうに線が細くて柔らかい印象だったのだろうか。

「滝口さんは、はしゃいだりはしなかったですか？　雪、当たり前ですもんね」

「ううん、そんなことないですよ。雪だるまはあんまり作った覚えがないですけど、雪合戦はしょっちゅうやってました。放課後に、男子チームと女子チームに分かれたりして」

話すうちに、自分の小学校時代の記憶がよみがえる。スキーウェアを着て、雪の中を転げまわっていた。手袋も靴下も、どんなに厚手のものを身につけていても、遊んでいるうちに冷たさで指の感覚がなくなっていく。真っ赤になってしまった指を見て、母親がよくあきれていた。

わたしは言った。

「仲よかったんですね。ご兄弟」

「どうかなー。喧嘩《けんか》も多かったですけどね。僕と弟が二つ違いで、弟と妹が三つ違いで。僕よりも、弟と妹のほうがずっと仲良くってね。中学生くらいになっても、一緒に眠ったりしてて。なんか、傍《はた》で見てて、こっちがドキドキしちゃいましたよ。これはいいのかって。二人とも、僕より早く結婚して、子どももできましたけど」

口数の多い藍田さんは新鮮だ。いつもどおり、ゆったりとした落ち着いた口調ではあるものの、熱を含んでいるように感じられる。

「お二人とも、お子さんまでいるんですね。あれ、藍田さんって、今おいくつでしたっけ」

「今年三十二歳になります。東京だと独身でも珍しくないですけど、地元だとみんな結婚してますね」

「あ、わたしもですよ。みんな結婚して、子どもがいて」

先月の地元での飲み会を思い浮かべながら言った。育児やマイホームについて真面目《まじめ》な様子で話している友人たちは、同い年なのに、どこか遠く感じられた。

「滝口さんでも？　まだ二十代ですよね？」

「二十八歳です。今年で二十九」

反射的に口にしてから、自分の年齢の重さに、一瞬ハッとする。二十九歳。なんて大人なのだろう。

「やっぱり地方だと、結婚が早いんですね」

そう言ってから、藍田さんは、納得するかのように、小さく二回頷いた。

「弟さんも妹さんも、地元に残ってるんですか？」

運ばれてきたクロックムッシュを、ナイフとフォークで細かくしつつ、わたしは質問する。

「妹はそうですね。弟は大阪で働いてます」

へえ、と相づちを打った。どういうお仕事ですか、と訊ねかけて、それは踏み込みすぎかもしれないと思ってとどまる。個人的な話をするのは、今日が初めてかもしれない。年齢くらいは前に聞いたことがある気もするけれど、それだって、改めて言われるまで意識していなかった。

「ご兄弟、いらっしゃいますか？」

コーヒーカップを置いた藍田さんに、まっすぐに訊ねられ、勝手な気まずさが宿る。

「四歳下の妹が一人います」

妹という単語と、さちほの姿は、あまり結びつかない。幼い頃から彼女は、妹という生き物ではなく、あくまでもさちほという生き物として、家の中でもわたしの中でも存在していた。とても変わった子だった。

「妹さんは地元にいらっしゃるんですか?」

わたしだって同じ質問をしているのだから、向けられても何ら違和感はないはずの問いだった。それなのに、突然雨に降られたときのような感覚をおぼえてしまう。

「いえ、結構引っ越したりしていて。前は東京にいたこともあったんですけど」

これじゃあ答えになっていないな、と言い終えてから気づく。嘘《うそ》までついたくせに。藍田さんは、そうですか、と言い、それ以上質問を重ねてはこなかった。特に不審に思った様子もなさそうだった。

わたしたちはまた、カフェに入ってきたときと同じように、電車の話をする。もうそろそろ動いてますかねえ。どうですかねえ。

藍田さんが、自分の頭に触れる。彼の持つ清潔感は、いつも短めに整えられた髪にも関係しているかもしれない。トレードマークのように思える白いシャツも、単なる社の規定なのかもしれないけれど、彼によく似合っている。

兄弟で雪だるまを作っていたときには、大人になってこんなふうに過ごす自分を想像してはいなかっただろう。雪合戦をしていた小学生のわたしが、こんな場所にいる自分を思い浮かべていなかったのと同じように。

藍田さんのことを、お世話になっている、メーカーの担当者というふうにとらえていた。もちろんそれは不正解じゃない。ただ彼のすべてを表しているのでもない。

わたしが東京にやってきたのと同じように、藍田さんにも東京にやってきた理由や、今の仕事についたきっかけがあって、それまでの背景がある。今わたしの目の前にいるのは、メーカーの担当者ではなく、藍田さんだ。

初めて会った人と話しているみたいだ、とわたしは口には出さずに思う。

運転を再開した電車は、いつも以上に混雑していた。

カフェで昔の話をしていたせいだろうか。車内で見知らぬ誰かに押されながら、そういえば昔は、満員電車にいちいち驚いていたな、と思い出していた。

こんなものに乗れるわけない、と思っていた。それがいつのまにか、何も考えずに、人でぎゅうぎゅうになっている電車に足を踏み入れるようになっている。

知らないうちに慣れていくのだ。それはここで生きていくために必要な能力である一方、悲しむべきことかもしれない。

部屋に帰ったら、改めて食事をとろうと決めていたけれど、さっきのクロックムッシュが、まだ胃の中にしっかりと残っているようだった。服を着替え、メイクを落とす。

帰り道のコンビニで買った、新商品のアイスは、お風呂からあがったあとに食べることにする。トリプルチョコレート味というものだ。チョコアイス、チョコチップ、ココアパウダーの三種。

冬になると、人の味覚は濃厚なものを求める。甘いものもしかりだ。カップスイーツは、同じ商品であっても、冬に売る分は甘味を強くしているということを人に話すと、たいてい驚かれる。実際わたしだって、開発に関わるようになってから知った。一度知ってしまえば、ずっと意識するようになった。

カップスイーツ開発は、入社時からの第一希望職種だった。この仕事がやりたくて、入社したといっても過言ではない。

就活をしていたときは、他の食品メーカーがそうであったように、メインで開発担当となるのは理系出身者だと思い込んでいた。補助的な役割でもいいので関わりたいと思っていたから、文系出身者であっても開発部門に行けると知ったときは嬉しかった。

ただ、とても狭き門であるのは事実だった。千人近い社員がいて、実質的な開発担当者は十人にも満たない。もちろん社員全員が希望しているわけではないとはいえ、そう簡単にかなうものではない。面談で希望を伝えるときも、異動のための面接試験を受けたときも、記念受験のような意識が強かった。

だから異動を正式に伝えられたときは、本当に信じられない気持ちだった。何かの間違いではないかと、思わず上司に確認してしまったほどだ。

いざ仕事を始めてから実感するのは、迷っている暇なんてない、ということだ。店舗勤務のときにも、そのあとの営業担当となったときにも感じていた思いは、この部門に異動してから、ますます強まった。

無数の選択肢の中から、素早く決断していくしかない。利益になるほう。喜んでもらえるほう。評価を高めるほう。シチュエーションが異なる場合も、よりよい選択肢を拾わなければいけないのは共通している。

子どものとき、点つなぎという遊びが好きだった。

それぞれ番号が振られた点を、その番号にそって、鉛筆の線でつないでいくというものだ。

一、二、三。正しい順番で点をつないでいくと、紙の中に、ある形が浮かび上がる。動物であったり、食べ物であったり、形は点によってさまざまだ。たとえいびつであっても、形ができるのが嬉しかった。

商品開発に携わるうち、もう二十年ほど忘れていたはずの、その好きだった遊びを思い出すようになった。

点である選択肢をつないでいけば、きっと何かが浮かび上がる。それが何なのかは自分自身にもわかっていないまま、時々イメージだけを広げている。

携帯電話が鳴った。電話ではない。メールだ。

お風呂をわかそうと思いつつ、ソファから立ち上がれずにいたので、音がきっかけとなった。掛けていたコートのポケットに入れっぱなしとなっていた携帯電話を取り出し、内容を確認する。

差出人は、意外な相手だった。立川一真《かずま》。

先月久しぶりに会った同級生だ。いったい何の用だろう。ちょっと緊張しながら目を落とす。

メッセージはシンプルなものだった。ゴールデンウィークに東京に遊びに行こうと思っているんだけど、滝口は忙しい？　そんな内容が、絵文字と一緒に書かれていた。

立ったままの姿勢で、わたしは指を止める。よっぽどのことがなければ、ゴールデンウィークは休めるはずだ。一日か二日は出勤する必要も出てきそうだけれど、調整は難しくない。今からならなおさら。

これはやっぱり、二人きりでってことなんだろうか。

先月二人きりでバーで飲んだとき、立川はわたしのことが好きだったと言った。どこにでも転がっていそうな昔話。それでもわたしは少なからずドキッとしたし、背中に回された彼の手を意識しないわけにはいかなかった。

だからといって、迷いなく進めるほど、もう若くもないし無鉄砲でもない。

立川の気持ちもわからないし、それ以上に、自分の気持ちだってわからない。

返信は後。とりあえず今はお風呂にしよう。わたしはまた新たな点を拾いとり、前の点から線を引っぱる。雪はもうやんだだろうか。

三

胃が重たく感じられる。

一時間ほど前に食べたアイスのせいだろう。新商品の苺《いちご》と練乳のアイスは、練乳の風味が強く、一口目はおいしく感じられたものの、食べている途中でもう飽きがきていた。入念に歯を磨いても、まだ甘さが残っているようだ。

早く眠りたい。

目を閉じると、今度はさっき見た情報バラエティ番組の映像が脳内でよみがえる。シャットダウンしてしまいたいのに、閉じた目に力を入れるほど、かえってハッキリと再生される。もう見返したくはないけれど、録画までした数分の映像。

スタジオのタレントたちが、おいしい、この値段で買えるなんて信じられない、と絶賛していたレモンのパウンドケーキ。フラモスのスイーツだ。三月に入ってすぐ売り出されたばかりの新商品。

全国シェア一位のコンビニチェーンであるフラモスは、スイーツ部門の売り上げも独走状態にある。四位のわたしたちとは、まるで比べものにならない。

店舗数が違うのだから仕方ない、と自分に言い聞かせてみてはいるけれど、もちろんその差だけではないのは痛感している。開発関係の人数や費用といったことだけでなく、企業努力がフラモスにはしっかりとある。人気菓子店とのコラボや、原材料へのこだわりや、食べやすさ。あらゆる視点で分析や試作を繰り返していることが、毎週売り出されるいくつもの新商品から伝わってくる。

何よりも味。確かにおいしい。パッケージから出してお皿に乗せられ、菓子店のものだと言われたら、信じてしまうかもしれない。実際、手土産にされることも増えているのだと、広報担当が雑誌で話していたのを読んだことがある。

商品がテレビや雑誌で取り上げられる頻度は、必ずしも売り上げに比例しない。もちろん向こうから取材依頼が来ることだってあるけれど、宣伝広告の一環として、コンビニチェーン側からお願いすることもある。

何を思ってみても、どうしても心がざわついてしまう。眠気は全然訪れない。むしろ遠ざかっているような気すらしてしまう。

もしも、さくらじゃなくてレモンを選んでいたら、さっきのテレビ画面に映るのは、わたしたちの商品だったのだろうか。

「いいか、悔やんでいる暇があったら、その分練習しろ。後ろじゃなくて前を見るんだ。後ろを見たって前には進めない。お前たちが今するべきことは、後悔じゃなくて練習だ」

高校時代のテニス部の顧問の言葉を思い出す。試合に負けた後のロッカールームで、涙ぐむわたしたちに向けられたものだった。以来、社会人になってからも時々思い出していた。後悔じゃなくて練習。まったくもって正しい言葉だと、あれから十年ほどが経《た》った今でも思う。けれど正しいことばかりを実行できるわけじゃないというのも、また真実だ。

今月、わたしたちは、春の新商品として、さくらのパウンドケーキを発売した。開発担当者はわたしだ。市場調査と、上司への提案と、いやになるほどの試食開発と、マネージャー以上の役職者も呼んでの試食会議をくぐり抜けて、ようやく商品化されたものだった。今回に始まったことではなく、商品になるものはいつだってそうだ。思いついてからすぐにできるものなんてない。

試食開発の段階では、ほぼ毎日、同じようなものを食べつづける。卵の量や砂糖の量を少し変えるだけでも、驚くほど味は変わる。窓のないテストキッチンで、スツールに座り、並んだケーキを食べつづけているうちに、時間はあっというまに過ぎてしまう。会議が迫って、開発が正念場に入ってくると、一日、自分の開発している商品しか食べていないということも出てくる。

今回のパウンドケーキで、最終段階まで迷っていたのは、粉を多めにして重めの食感を出すかということと、そもそもの素材をどうするかということだった。めったにないことだった。会議が近づいていっても、素材を絞りきれていなかったのは。

そして、直前までさくらのパウンドケーキと天秤《てんびん》にかけて悩んでいたのは、ほかでもない、レモンのパウンドケーキだったのだ。

発売の少し前になって、レモンのパウンドケーキがフラモスから出ると知り、複雑な思いがした。もちろん、かぶらなくてよかったという安堵《あんど》もあった。ただ一方では、そちらのほうがよかったのではないかという後悔が生まれた。シェア一位の会社が選んだのが、レモンであったなら、そちらがベターだったのではないだろうか。

発売されてすぐに食べた、フラモスの商品は、思ったとおりおいしかった。レモンピールも入っていて、異なる食感が楽しめるし、味の変化もおもしろい。かといって、自分たちがテストキッチンで試食していたものも、負けていなかったと思えたし、正面から同じ商品で対決してみたかったという気もした。

それでもさくらのパウンドケーキの売り上げは悪くないようだったし、社内や友人から聞こえてくる評判もまあまあだった。

商品が売り出されてしまえば、わたしのすることはなくなる。売り出すための努力をしたり、売場に並べたりするのは、また他の人たちの仕事だからだ。売れるように願うのはもちろんだけど、いつまでも同じものにしがみついてこだわってはいられない。新商品は毎週いくつも発売されるのだし、既に次の開発に向け動き出しているのだから。

だから正直、あまり深く考えてもいなかったのだ。数日前に社内で、フラモスのスイーツがテレビで紹介されるらしいと聞くまでは。

おいしい、と交わされる声。さっきの番組で映るのが、わたしたちの開発したパウンドケーキである可能性だって、本当は充分にあったはずなのに。

目を閉じたまま、寝返りを打つ。胃だけでなく、身体《からだ》全体が重たくなったように感じられる。わたしの選択は、間違っていたのだろうか。

いくつかある選択肢のうち、何か一つを選ぶということは、他の何かを選ばないということとイコールなのだと、開発部門にきてから、意識させられるようになった。

Aにつづく道を選んだ瞬間、Bにつづく道は崩れ落ちる。歩きはじめたあとで、険しい道だとわかっても、戻って選びなおすことはできない。

意識的なものだけじゃなく、無意識的にも、あらゆる選択を繰り返しているのだろう。

大学時代から付き合っていた恋人と別れたとき、振られたのはわたしのほうだった。みのりはずっと仕事ばっかりだったじゃん、と言われてしまって、何も言い返せなかった。実際、当時のわたしは、店舗勤務に疲れ切っていて、他のことを考える余裕なんて何一つなかった。

直後はショックすらわいてこなかったけれど、それでもわたしが選んだ道だったのだ、と少ししてから思うようになった。たまの休みに、彼に会うことではなく睡眠を、仕事を、わたし自身が選んできたし、そっちの道を進んできたのだと。

ただ、もう少し理解してもらいたかったと思ってしまう気持ちもあるというのが本音だ。社会人になりたてで、仕事をしていく大変さは、同級生である彼だってわかっていたはずなのに。

こんなふうに夜が長く感じられる日には、ずっと心に蓋《ふた》をしていたはずのことにまで思考が広がってしまう。記憶や感情、そして後悔に、わたし自身まで包まれそうになる。明日も仕事なのに。一分でも早く眠らなければいけないのに。

テストキッチンでの藍田さんとの待ち合わせは午後一時半。彼はいつも時間どおりに現れる。待たせることがあってはいけないので、二十分前には移動しておくのが常だ。

藍田さんに会うのは久しぶりだ。一週間ほどあいだが開いたことになる。今日は数種類のチーズケーキを持ってきてくれるはずだ。

珍しく時間どおりにとれたお昼休みから戻り、上層階の事務所でメールチェックを済ませて、ロッカーに入れていた紺のエプロンをつけてから、エレベーターに移動する。

エレベーターを待っていると、よく知る顔が通りかかった。広報部のマネージャーだ。社内にいるとは珍しい。

「おつかれさまです」

軽く頭を下げると、おお、と片手をあげられた。エレベーターがやってきたので乗り込もうとしたところで、話しかけられ、足を止めざるをえなかった。

「昨日の見た？　テレビ」

「深夜のですか」

「そうそう。やられちゃったねえ」

主語を出さないのはあえてなのか。マネージャーの軽く歪《ゆが》めた表情に、また昨夜のことを思い出した。昨日眠れずに何度も頭をよぎっていた映像。

「すみません」

なんと言っていいかわからず、謝罪の言葉が口から出た。エレベーターのドアが閉まるのを、横目で確認した。

「いやいや、謝ることじゃないから。まあ、これからね、頑張っていけばいいから」

「はい。頑張ります。すみません」

また同じ言葉が口をついていた。マネージャーは、うん、と言い、頷《うなず》くと、わたしが今出てきたばかりの事務所へと向かっていく。

今来ていたエレベーターは、また下へと戻っているようだった。他のものも来ていない。さっきより強く、ボタンを押した。

待つあいだ、今感じたモヤモヤが、心の中で明確な言葉となり、怒りとなっていく。

頑張っていけばいいって、それじゃあまるで、今まで頑張っていなかったみたいな言い方だ。

そんなはずない。さくらのパウンドケーキだって、頑張って頑張って、開発したものなのだ。

謝ることじゃないと、さも自分が寛容であるかのような言い方をしていたけれど、そっちが謝るしかない空気を作り出していたからじゃないか。

やってきたエレベーターには、何人かの先客がいた。他の会社の人たちだろう。乗り込み、テストキッチンのある二階のボタンを押す。感情は落ち着かない。

広報は頑張ってくれているのだろうか。テレビで紹介されたのは、フラモスの広報が頑張った結果でもあるのではないのか。いくらいいものを作っていたって、しっかり売り出してもらえないことには、何の意味もない。

二階で降り、テストキッチンに入り、手を洗う。液体ハンドソープを使って丁寧に。脇《わき》にあるペーパーで水分を拭《ふ》き取ってから、消毒液をすり込むことも忘れない。

端がはげかけている簡易椅子《いす》に座っても、さっき生じた苛立《いらだ》ちは消えそうになかった。だいたい試食会議でも、いつもあのマネージャーは、まるで他人事《ひとごと》みたいにしている。誰かが批判を口にしたら、待っていたかのように乗っかるくらいで、商品に対して自分なりの意見や愛着を持とうとする姿勢が感じられない。確かに開発はこっちの仕事だけれど、それを売り出していく以上、広報マネージャーだって立派な当事者なのに。甘いもののことはあんまりわかんないからねー、なんて言っているのも何度か聞いた。わからないのなら、せめてわかろうとすべきじゃないのか。

「失礼します。おつかれさまです」

声がして、はっとそちらに顔をあげる。藍田さんが立っていた。

「ああ、おつかれさまです」

わたしは慌てて立ち上がり、会釈する。

彼は、入口脇にあるハンガーラックに自分の上着をかけ、バッグからエプロンを取り出し、装着した。いつもの濃いグレーのエプロンの胸元には、わたしにとって取引先である、彼の勤務先の社名がプリントされている。丁寧に手を洗ったあとで、こちらを向くと、チーズケーキなんですけど、と口を開いた。

開発には、発売の三ヶ月ほど前から取りかかる流れになっている。今だと六月頃に販売される商品だ。少し先の季節を考えることになるから、温度や湿度などがどうなるか、どうしても勘に頼らざるを得ない部分も出てくる。前提として、夏ならさっぱりとした口当たりのいいデザート、冬なら甘みの強い濃厚なデザート、というおおまかな法則はあるものの、何が流行《はや》るのか、何を狙《ねら》っていくのか、常に先んじて考えていかなければいけない。

次の言葉を待っていたわたしに、彼は意外なことを言った。

「あ、そうだ。先に、昨日の話をしようと思って」

「昨日の？」

「ご覧になりましたか。あの、深夜にテレビで」

「ああ」

何を言われるかがわかり、わたしはさえぎるように言った。ここでもか、とうんざりする気持ちは必死に隠しつつ。

「すみませんでした」

そう言うと、藍田さんは頭を下げた。完全に予想外の行動で、わたしは一瞬言葉を失い、え、いや、いやや、と、とにかく頭を上げてもらおうとする。

藍田さんが顔を上げ、わたしたちの視線が思いきり合う。わたしは訊《たず》ねた。

「すみませんっていうのは」

「いや、滝口さんが悩まれてるときに、僕は終始、さくらのほうがいいんじゃないですか、って言ってたから。もちろんそれは、純粋にそう思ったからなんですけど、ああしてレモンのほうが紹介されているのを見て、あ、しまった、と」

どう返していいのか迷ってしまう。

藍田さんはあくまでも、コンビニチェーンであるこちらが依頼して、協力していただいている取引先の製菓メーカーの担当者だ。こちらがイメージを提案して、いくつか試作してもらい、試食したうえでまた新たな提案をする。藍田さんはこちらの意見を受け入れてくれる立場であって、逆はない。

確かに藍田さんは、パウンドケーキの開発中に、さくらのほうがいいと思います、と何度も言っていた。

ただ最終的に判断するのは、こちらだ。もしも藍田さんが、レモンがいいと思うと言っていたとしても、そうしたかどうかはわからない。

藍田さんは関係ないですから、気にしないでください。

そう言いかけて、ハッと気づく。それは、まっすぐにこちらを見て立っている人に対して、あまりにも失礼な言い方かもしれない。

この人は、チームだと思ってくれているのだ。一方的な関係ではなく、互いに作用しあう仲間だと。他人事のように言っていた広報マネージャーよりも、ずっと近い場所で、戦おうとしてくれている。

胸のあたりが詰まるような感覚が広がる。

「さくらのパウンドケーキ、わたしは気に入ってますよ。本当に」

そう言って笑うと、彼も笑みを浮かべた。

「よかった。僕もです。それに、フラモスさんのレモンもおいしかったけど、あれだったら、こっちが試作していたのも負けてなかったと思うんですよねえ」

いつもの穏やかな口調で、わたしとまるで同じ意見を口にしてくれて、嬉《うれ》しくなった。

スチールの作業台上に、チーズケーキが入っているのであろう箱を置いていく藍田さんに、わたしはふと訊ねた。

「あちらのパウンドケーキも、召し上がったんですね」

彼は一瞬手を止めると、頷いた。

「新商品はどこのもだいたいチェックしてますよ」

言葉の行間には、当たり前でしょう、というニュアンスが滲《にじ》んでいた。

この一年、一緒に仕事をしていて、初めて知ったことだった。試作する上で、もしも既に理想ともいうべき形が他社にあれば、あえて似た味を作り出してもらうことがあるので、そのときにはもちろん食べてもらえているだろうとは思っていたが、試作に関係のない商品もチェックしているとは。

藍田さんは簡単に言ったけれど、コンビニスイーツは、かなりの点数がある。うちのように少ないところでも、毎週二つか三つ、多いところでは、毎週七つか八つくらいの商品が発売されている。新商品と銘打ちつつ、毎年定番のものもあるとはいえ、毎日一つずつ食べていたって追いつかない。

「藍田さんって、甘いもの、お好きなんですね」

特に考えもせずに口をついた言葉に、藍田さんは笑い出した。

「え、わたし、そんな変なこと言いました？」

慌てるわたしに、彼は言った。

「菓子メーカーの人間つかまえて、甘いもの好きなんですねって、そりゃあそうですよ。動物嫌いが動物園の飼育員はできないですからね。滝口さん、意外と天然ですね」

もっともな意見だ。気恥ずかしさも生まれて、わたしは、いや、そこまでお好きとは、と言い訳めいたことを口にする。

「学生時代は、ケーキバイキングとかも行ってましたよ。女友だちに頼んで、いかにも自分が付き合っている、みたいな感じで。やっぱりああいうところって、男だけで行くには抵抗があるんですよね。人気のカフェなんかで、気になるところがあっても、なかなか入れなくて」

「相当ですね。最近はどこか気になっているお店ありますか？」

「ああ、最近だと、ベーカリーで」

藍田さんはそこで言葉を止めて、何かに気づいたように、わたしのことを見た。

「最近だと？」

「もしよかったら、今度、朝ごはんに付き合ってもらえませんか」

わたしたちの声が、ちょうど重なった。


平日の朝七時過ぎという時間帯にもかかわらず、店内は賑《にぎ》わっている。さほど広くないとはいえ、満席だ。お客さんは女性ばかり。視界に入る限りでは、男性は、目の前の藍田さんくらいだ。

白木が基調となっている、明るい店内。テーブルクロスは、シンプルな無地のグリーンながらも、端には赤い林檎《りんご》模様が刺繍《ししゅう》されている。籐《とう》のカトラリー入れにいたるまで、女性に好まれそうなものが選ばれている印象だ。

「よかったです、入れて。だいぶ早起きさせちゃいましたよね」

「いえ、でも、普段からわりと早く起きているので」

わたしは答えた。嘘《うそ》ではなかった。七時に待ち合わせと言われたときには、断るべきだったかもしれないという考えがよぎったけれど、駅ルートを検索しているうちに、実は三十分ほど早く起きればいいだけだと知った。

「滝口さんって、帰宅はいつもどのくらいですか？」

「そうですね、家に着くのが、十時過ぎくらいですかね」

「結構遅いですね」

「家がちょっと遠いんですよね。会社から一時間ほどで」

「どちらなんでしたっけ」

最寄り駅名を告げると、藍田さんは、ああ、友人が昔住んでました、住みやすそうなところですよね、と言った。同じ質問を返すと、彼は駅名を教えてくれた。二路線が使える便利な駅だ。そう伝えると、彼は、部屋は古いですけどね、と言った。

「借り上げ社宅なんですよ。築年数がかなりのもので」

「社宅だなんていいですね。家賃安いんですよね？　やっぱり家賃が高いですよね、東京は」

「そうですね。東京だと、ワンルームでも、地元で一戸建てのローン払うより高かったりしますよね」

いつもより力をこめるような口調で、藍田さんは言った。わたしは彼の地元がどこかを思い出した。先月、雪の降る日に聞いたのだった。そういえばこんなふうに向かい合っているのは、突然の雪で電車が止まってしまい、時間をつぶすために入った駅前のカフェ以来かもしれない。

あのカフェで、プライベートなことを話して以来、わたしはなんとなく藍田さんとの距離が、前よりも縮まったように感じていた。さして長い時間話したわけではないものの、テストキッチンでの姿とは、違う部分を見せてもらった気がして。ただ、そんなふうに感じたからといっても、わたしたちの関係性や目に見えるやりとりに変化はなかった。テストキッチンでひたすら試食を繰り返し、それについて話し合う。

「それにしても、十時過ぎに帰宅だと、寝るのも結構遅くなっちゃいますよね。毎日どれくらい寝てるんですか？」

「うーん、五時間半くらいですかねえ」

藍田さんは、眼鏡の中の、どちらかというと細い目を見開き、驚きをあらわした。わたしは思わず笑ってしまう。

「でも、休みの日は、その分寝てますよ。半日くらいは眠っちゃってるかも」

「そうなんですか？　けどすごいなあ。僕、七時間は眠らないと、調子悪い感じです。滝口さんって体力ありますよね。細いのに」

「学生時代は運動やってたから、それでかもしれないですね」

話していると、サラダとジュースが運ばれてきた。

「こちら、本日のミックスジュースです。今日は、人参《にんじん》、オレンジ、キウイ、小松菜、リンゴを使用しています」

そう説明してもらった、緑がかった色のジュースをまず口にする。最初に野菜の青みを感じたけれど、後味はむしろ甘くてさわやかだ。おいしい。

「意外とすっきり飲めるんですね。おいしい」

藍田さんが言い、わたしは同意した。

サラダのドレッシングも自家製のようだった。オレンジ色が強いので、これにも人参が入っているのだろうか。野菜も、量は多くないけれど、意外とたくさんの種類が使われているようだ。ハーブも入っていて凝っている。

おいしいですね、と言い合っていると、バスケットが運ばれてきた。パンが溢《あふ》れそうなほど入っている。思わず、わ、と声をあげた。

パンの種類の説明をしてもらい、さらに、一緒に運ばれてきたいくつかの瓶についての説明をしてもらった。瓶の中身はコンフィチュールだ。赤、茶色、黄色、オレンジ、緑。見ているだけでもワクワクする。素材の組み合わせも、思いつかないようなものばかりで、聞いているそばから、食べたくて仕方なくなる。

説明が終わり、係の人が離れてすぐに、わたしはバスケットの中のデニッシュに手を伸ばした。向かいの藍田さんもまるっきり同じ行動をとる。わたしたちは顔を見合わせて、何も言わずに笑った。

まずは何もつけずに、デニッシュを一口食べる。ほのあたたかいデニッシュは、パリっとした食感を残している。さすがに専門店のパンだと思った。甘さがしっかりしているけれど、安っぽくない。

次に、茶色のコンフィチュールをスプーンですくい、お皿の端にのせた。生姜《しょうが》とバナナとキャラメルミルクで作られたものだという。バナナとキャラメルは想像できるけれど、そこに生姜が入ることで、どんな仕上がりになっているのか、聞きながらとても興味がわいていた。

デニッシュにつけて、口に含んだとき、驚きが生まれた。

柔らかな甘さの中で、ぴりっとした生姜の辛さがアクセントとなって、お互いを引き立てている。そのおかげで全体はしっかりと調和している。コンフィチュールというのは、パンのオマケのように感じていたけれど、そうじゃなく、独立した一つの料理みたいだ。

「これ、すごいですよ」

わたしの勧めで、藍田さんもまた同じコンフィチュールに手を伸ばす。

「ほんとだ。おいしい」

彼が嬉しそうに言うので、わたしも嬉しくなった。

「他のも全部試したいですね。持ち帰りたいくらい」

「あ、レジの横に、持ち帰りもあったよ。おれも買って帰ろうかな」

何の気なしに言ったであろう藍田さんの言葉に、ちょっとした新鮮さを感じた。彼が自分のことを、僕ではなく、おれと言うのを初めて聞いたからだ。そうか、普段はおれって言ってるんだな、と思った。

「季節によって違うんですよね？　きっと」

「多分。前に雑誌で見たときには、そんなことが書かれてたから。でも来られてよかったです。朝からわざわざ付き合わせちゃって、ほんと申し訳なかったですけど」

「とんでもないです。むしろ、教えていただけてよかったです。朝ごはんに誘われるなんて、生まれて初めてだったかもしれません」

わたしの言葉に、藍田さんが、そうか、そうですよね、と笑った。

先週テストキッチンで、パンがおいしくて、コンフィチュールも有名なベーカリーが、平日だけ朝食サービスをやっているのが気になっているのだと、藍田さんは熱く語ってくれた。

平日の朝限定というのに、むしろ希少価値があるのかもしれないと、周囲を見渡して思う。女性が、限定という単語に惹《ひ》かれるものだというのは、自分自身をふまえてもよくわかる。

今度はオレンジ色のコンフィチュールを口にしてみる。先ほどの説明によると、アプリコットと紅茶で作られたものだ。これもやっぱりおいしいけれど、衝撃という点では、さっきのほうが強かった。

「バナナと生姜って合うものなんですね。カップスイーツで何かできないかな」

思いついたことをふと口にすると、藍田さんは、身を乗り出してくるかと思えるほどの勢いで、それいいですね、と言った。珍しいほどの早口で。

「バナナだと季節を通して手に入れやすいし、すごくいいと思いますよ。いろいろ考えてみましょうよ」

勢いづく彼に、わたしは頷いた。この人はチームメイトだ、という信頼感が強まっていくのを感じた。

四

何でもあるはずの東京には、意外と観光スポットというものがない。そのことを、地元から誰かがやってくるたびに実感する。

どこでもいいよ、なんて言われると、なおさら悩む。書店でガイドブックまで見てしまった。本の中に並ぶ地名は、どこも訪れたことがある場所ばかりなのに、あるいはそのせいなのか、観光にはそぐわないように思える。

東京には何があるのだろう。

もう十年住んでいる場所のことを、自分が何も知らないような、いまだうまく受け入れてもらえていないような気になってしまう。

勝手な疎外感までおぼえた末に、わたしが決めたのは、スカイツリーからの浅草散歩というコースだった。不安に思いながらの提案だったものの、立川は、スカイツリー行ってみたかったし楽しみ、という短い返信をくれた。

仕事を終えて帰宅した前日の夜に、明日は何を着ていこうと考えていてふと、これってデートかもしれない、と思った。

高校時代の同級生である立川から、ゴールデンウィークに東京に遊びに行こうと思っているんだけど、とメールが来たのは二ヶ月前だ。メールを受け取った直後は、東京に来る理由や、二人で会うことの重さについて意識していたものの、いざ会うと決めてからは、どこで何をするのかという、コースについてばかり考えていた。

二人きりで会うのはデートといってもいいのだろうか。そこにどのくらいの好意が必要なんだろう。たとえば合コンで知り合ったばかりの二人が出かけるのはデートといえる気がするけれど、それはやっぱり、付き合うかもしれない可能性があるからだろうか。デートの定義ってそもそもなんなのだろう。

関係のないところにまで広がっていってしまいそうな思考を無理矢理に畳み、服を選び始める。

移動が多いから、歩きやすい靴にしよう。手持ちの中から、モスグリーンの、ローヒールのラウンドトゥパンプスが思い浮かぶ。全体的にカジュアルな格好でまとめるのがいいかもしれない。

せっかくなので、仕事には着ていけない服を選びたい。職場へは、無地のシャツと無地のスカートもしくはパンツを合わせていくことが多い。店舗にヒアリング調査する場合は、スーツを着ることもある。無地というのは厳密な決まりではなく、チェックやストライプのうっすらとした柄であれば問題はないけれど、あまり派手なものは選べない。社会人になってからというもの、なんだかんだで手持ちの服は無地が増えた。

四段になっているチェストの、下から二段目の引き出しを開く。

中をさっとチェックして、手に取ったのは、九分丈の花柄パンツだ。確か去年の春に買ったもの。あまり穿《は》いていなかった。ブルーとイエローがまじった花柄がプリントされていて、全体の色味は落ち着いたものであるため、どのようなトップスにも合わせやすいはずだ。

今度は上に着るものを探す。こちらもすぐにめぼしいものが見つかった。ざっくり編まれたニットの、紺色のドルマンスリーブプルオーバー。半袖。両サイドだけ異なる編み方になっているらしく、透け感がある。下に黒のタンクトップを合わせればちょうどいいはずだ。あとは冷房が効いているときのためにカーディガン。

あっさりと決まってしまうと、かえって不安になってくる。別の組み合わせも試したほうがいいのだろうか……。

そう考えてから、仕事のときと同じような思考に陥っている自分に気づく。デザート開発は、試すことの繰り返しだ。

仕事じゃないし、デートでもないし。

頭の中でつぶやくと、考えすぎている自分が、間抜けなくらいに思えてきた。シャワーを浴びて、早く眠ろう。


「おー」

そう言って立川が片手をあげたので、わたしも同じように、おー、と言葉を発した。近づいていく。

「電車大丈夫だった?」

待ち合わせ場所であるスカイツリーに来る前、立川から、《路線多い!》というメールを受け取っていた。彼が間違えてしまわないか心配で、確認を兼ねた返信も送っていた。

「大丈夫大丈夫。ただ、ホームの多さには、ちょっとびっくりしたよ。あと、電車が頻繁に来るのも。逃したと思ったら、次のがすぐに入ってくるし」

「東京ってあんまり来たことないんだっけ？」

「友だちとハワイ行ったときに、前乗りで一泊したけど、それも大学時代だからなあ。その前は修学旅行とか」

「じゃあ、かなり久しぶりだね」

ほんとだよと言う立川に、天望デッキに行く前に、下のフロアを散策しようと提案した。あらかじめ予約していたチケットの入場時間までは、少し余裕がある。

前に東京に来たときの話を聞きながら歩きつつ、わたしは人の多さに戸惑っていた。ゴールデンウィークだから、多少の混雑は想定していたが、まさかここまでとは。立川も、すごいね、とつぶやいた。混んでいるのを指していることは、言い方と視線でわかった。

「機内や空港も混んでたよ。電車の中も子どもも多かったし」

「みんな出かけるんだね」

わたしの言葉に、立川が不思議そうに訊《たず》ねてきた。

「あんまり出かけないの？　休みの日」

「寝て起きたら午後になってるっていうのが、よくあるパターンかなあ。それから家の中のことやってたら、あれ、もう夜だ、みたいな。時々は友だちとごはん食べに行ったりするし、市場調査で甘いもの食べに行くこともあるけど、こういうふうに出かけるのは、かなり久しぶりかも」

「へえ、意外」

「そう？」

「滝口って、高校時代、元気っていうか、アクティブだったイメージあるから。今もいろいろ動き回ってるのかなあって思ってた。あ、別におしゃべりとか遊びまくってるって感じてたわけじゃないけど、部活も熱心だったよね。テニス部でしょ？」

「そうだねー。体力は結構自信あったけど、働き出してからは、やっぱりなかなかね」

「そうか。仕事忙しいの？　残業とかもあるの？」

「あるねー。なんだかんだで、家に着くのは十時過ぎくらいかな」

「十時過ぎ？　夜の？」

「夜だよ。朝のはずないでしょう」

冗談で言ったのかと思い、わたしは笑った。立川に笑う様子はなかったので、思わず隣を窺《うかが》うと、そこには驚きの色を浮かべた表情があった。

「朝からなんだよね？　仕事」

「うん。会社は九時から。ただ、家が会社からちょっと遠くて、一時間くらいかかっちゃうから、家を出るのは七時半ごろ」

「一時間って電車で？」

「電車。一回乗り継ぎがあって」

エスカレーターに乗り、上のフロアへと向かう。立川が、一時間、とつぶやいた。驚きからこぼれたものであって、こちらに向けて話したわけではないと感じる言い方だった。それでも反応した。

「そっちだとめったにないよね。そんなに長い通勤時間」

「そうだね。そもそも電車通勤っていうのが想像できないなあ。みんな車だし。あと、労働時間の長さもすごいね。おれも十時過ぎくらいまで働いてるけど、職場に行くのが午後だからさ。あ、夏休みとか冬休みは別だけど。講習あるから」

立川は塾講師だ。小学生から高校生まで、広く教えているらしい。年始に、地元のバーで飲んだときに聞いた情報だ。

二人きりで飲むのは、あのときが初めてだった。高校時代にわたしのことを好きだったと伝えてくれた立川。その言葉を、東京に戻ってきてからも、何度か思い出していた。こうしていざ二人きりになっている状況で思い出すと、勝手に緊張してしまう。

「甘いもの、スカイツリーにもいろいろあるんじゃない？　何か買っていく？　食べていくなら、おれも少しは付き合うよ」

短い行列ができている洋菓子店を指さしながら、立川は提案してくれた。ありがとう、と答える。

油を引いた鉄板の上で、まずどんぶりの中から具材だけを出して炒《いた》める。具材に火が通ってきたら、それらでドーナツ型の土手を作り、中央にできた穴に、どんぶりに残っている液体を注ぎ込む。

液体は具材の土手の中にしっかりとおさまり、どこからもこぼれてはいかない。

「おお」

わたしは声をあげ、小さく拍手した。立川は、よし、と満足げに声を出した。

「で、これからどうするの？」

「えっとね、『液体に火が通ったら、ヘラで全体をざっくりと返し、具材と液体を混ぜ合わせるようにして炒め、平らに広げれば出来上がり。やけどに注意して召し上がれ！』だって」

女の子ともんじゃのイラストと一緒に書かれている、上手な焼き方の説明を、わたしは読み上げる。紙はビニールコーティングされているけれど、置かれるうちに、油が染みこんだらしく、触れるたびにおしぼりで指をぬぐう必要がある。

「どのくらいだろうなあ」

鉄板の上のもんじゃを見つめ、立川は言った。火の通り加減がわからない食べ物だな、と思う。もんじゃを食べるのは数年ぶりだ。前はいつどこで誰と食べたのだったか、考えているけれど思い出せない。立川は初めてだという。

「もういいんじゃないかな」

わたしが言うと、立川はまた両手にヘラを持ち、全体を混ぜはじめた。丸から四角になっていくもんじゃ。鉄板の上で広がっていき、ジュージューと音を立てる。

「こんなもんかな」

「うん、上手だね」

わたしたちはまた、鉄板の上を見る。明太もちチーズもんじゃ。

スカイツリーの展望台で景色を見たあと、浅草まで歩き、浅草寺で常香炉の煙を浴びた。混んでいたのもあって、散策を終える頃には、すっかり夜になっていた。

もんじゃ焼きを食べてみたいというのは、立川からの提案だった。あらかじめ言ってもらえていたので、店選びはさほど苦労しなかった。予想外の浅草の混雑っぷりに、予約なしで入れるかどうかだけが心配だったけれど、待たずに入ることができた。ラッキーだった。

「もうそろそろいいんじゃないかな」

小さなヘラで確認すると、片面はしっかりと焼けているようだったので、そう言った。

「え、そうなんだ。見た目にはあんまりわかんないな」

立川は笑い、それでも小さなヘラを使い、一口大にすると、自分の口へと運んだ。あつっ、と声を出す。わたしもまた、自分の口元へ運び、冷ましてから口に入れた。それでもやっぱり熱かった。

「おいしい。おやつっぽい感じがする。お好み焼きとかとは別物なんだね」

「確かに、似たような材料でもまるで違うよね」

わたしは答えてから、今開発中のスイーツのことを思った。今手がけているのは、定番商品に加え、七月中旬に売り出すマンゴー杏仁《あんにん》豆腐だ。杏仁豆腐はできるだけ柔らかくしたいと思っているけれど、配送や陳列の面から考えると、ある程度の硬さが必要だ。水分の配合量だけでも、味わいは相当変わってくる。

「なんかいくらでも食べられそう」

立川の言葉に、わたしは、よかった、と言った。

「自分で作ったりできるのかな」

「どうだろう。もんじゃ焼きセット、さっき入口でも売ってたと思うけど。料理、結構するの？」

「一人で食べる分だけだから、適当だけどね。パスタとかカレーとか。滝口はどうしてるの？」

「自炊するのは休日くらいかな。たいしたものは作らないけど。平日はほとんど外食とかスーパーとかコンビニとか。あと、開発中に食べてると、それだけでお腹《なか》いっぱいになっちゃったりしてる」

立川は、大変そうだな、と言いながら、ほんのわずか、眉間《みけん》に皺《しわ》を寄せた。それからこちらに訊ねてきた。

「仕事、暇な時期とかないの？」

「うーん、月のうち一週間くらいは、比較的落ち着いてるかな。それでも定時っていうのは難しいけど。ただ土日はわりと休めてるし、休日はそれなりには」

「なんか目標とかあるの？」

「目標？」

思わず繰り返してしまったのは、少々唐突に思えたせいかもしれない。毎月一日に上司に提出させられる書類の中の、当月の目標、という文字を思い出した。

「一度でいいから、全コンビニチェーンを通しての、スイーツ部門一位獲得っていうのはやってみたいなあ。ただ、業界上位とは店舗数も違うし、かなり難しい話なんだけどね」

思いつきで答えてから、ちょっと気恥ずかしさが生まれ、レモンサワーを口にした。同じ質問を返すと、あっさりと答えてくれた。

「個人塾を開きたいなって思ってるんだよね」

「経営するってこと？」

「うん。あともちろん、実際に教えるのもだけど」

「すごいね」

「いや、考えてるだけだし、まだ何もできてないけどね。今の経営者の教育方針には、納得できない部分もあって。自分でやれば、もちろんそれだけ責任も大きくなるわけだけど、ちゃんと思うように動けもするわけだから」

頷《うなず》いたわたしに、また質問が向けられた。

「滝口は自分で店やったりとか、そういうのは考えないの？」

「あー、それはないかな。わたし、自分でレシピを作ってるわけじゃないし、製菓担当は他の人がいるから」

「え、そうなの」

驚きを浮かべる立川の表情に、年始にみんなで飲んだときのことを思い出す。あのときは女友だちから、お店を開けばいいと言われたのだった。わたしは肯定も否定もしなかった。

今この場で改めて、自分の仕事内容について説明するのは、そのときほどではないにしても、ちょっと厄介に感じられた。話題を変えたくて訊ねた。

「塾講師になろうっていうのは、いつから決めてたの？」

「就職活動するときかな。おれ、教育大だったから、普通に教員の方向で考えてたんだけど、ちょうど教員の倍率がものすごく高い年で、塾っていう選択肢もありかなあって考えるようになったんだ」

「そっか。教育大だったもんね」

わたしたちの地元には、大学はそんなに多くない。地元に残って進学をしたクラスメートのうち、半分くらいは教育大に進んでいた。

「東京の大学にも、ちょっと惹《ひ》かれてはいたんだけど、結局地元に残っちゃったよ。でも今回来て思ったけど、東京って、住むところじゃない感じがする」

住むところじゃない？

ずいぶん強い否定の言葉に、残り少なくなってだいぶコゲの部分も多くなったもんじゃをヘラに取る手を止めて、立川の顔を見た。彼の表情には、悪意も嫌悪も浮かんではいなかった。いつもどおりの顔で、ハイボールを飲んでいる。

「人も多いし、あんまり余裕がなく見えるっていうか。駅なんかでも、みんな他の人に構わずに進んでいく感じだしさ。道も狭いから、車の運転も大変そうだし、物価も高いし。遊びに来る分には楽しいと思うけど」

「いつもはこんなに混んでないけどね。ゴールデンウィークっていうのもあるし」

わたしは言った。若干早口になってしまったのがわかった。

「ああ、そうだよね。ただ電車移動っていうのはなかなか慣れないなあ。普段は全部車だからさ」

「電車も慣れれば楽だよ」

また早口に言い返した。

「そうかー。滝口は、いつか地元に帰ってくることは考えてないの？」

訊ねられて、はっとした。

わたしも上京直後は、立川が言っていたようなことを、まるで同じように思っていたのに気づいたからだ。人は多いし、道は狭いし、なんて住みにくいところなのだろうと毎日のように考えていた。駅構内を歩きながら、しょっちゅう人にぶつかって、こちらが謝っても無視されたりするたび、心を痛めていた。そういえば近頃はぶつからなくなったけれど、いつからそんなふうになったのだろう。

あの頃わたしは、帰りたいと考えていた。就職は地元に戻ってしようと決めていた。

「まだしばらくは、こっちにいると思う。転勤もありえるし、わかんないけどね」

「転勤あるんだ。大変そうだね」

わたしは、ない人はないけどね、と付け加え、鉄板に張りついてしまっているもんじゃを、ヘラでこそぎ取ろうとした。

最寄り駅の一つ手前の駅で降りたのは、なんとなく歩きたい気分だったからだ。午後にさんざん歩いて、足の張りを思いきり感じるくらいになっているのに。

空気は夏の気配を帯びていて、夜でもカーディガンがいらないくらいだ。アルコールが入っているせいかもしれない。

駅前の広い通りを歩きながら、今日のことを思い出す。両手に持っているいくつかの袋には、どれもお菓子が入っている。スカイツリーや浅草で買ったものだ。

スカイツリーからの景色、隅田川の風景、立ち並ぶビル、浅草の騒がしさ、浅草寺の煙とおみくじ、もんじゃ焼き。二軒目に入った居酒屋。

駅での別れ際、楽しかったよ、ありがとう、と立川が言ってくれたので、わたしも楽しかった、と答えた。嘘《うそ》ではなかった。初めてのスカイツリーも、久しぶりの浅草も、一人で過ごす休日とは違い、充実したおもしろさがあった。スイーツの店を見つけると、買わなくていいの、と言ってくれる立川の気遣いもありがたかったし、高校時代の思い出話に心から笑ったりもした。

それでも胸にひっかかっていた。住むところじゃない感じがする、という言葉が。

通りを挟んだ向こうに、大きなマンションが見える。明かりがついている部屋もついていない部屋もある。このマンションだけでも、こんなにたくさんの人が暮らしている。みんな、東京に住んでいるのだ。

あのとき、本当はもっと強く言い返したかった。東京の良さについて。素晴らしさについて。ただ、一方で、そんな言葉を持っていないことにも気づいていた。わたしは東京の何を知っているっていうのだろう。十年もここで生活しているのに、地元からやってきた友人一人を案内するのにも、ガイドブックやインターネットなしには動けない。もう一軒飲もうかと言われて、結局手近で見つけた、チェーン店の居酒屋に入ることしかできない。

普段行かないエリアだからというのは、言い訳にはなるかもしれないけれど、必ずしもそれだけじゃないのはわかっていた。自分が東京にいる理由を、わたしはきちんと見つけられていない。仕事があるからといっても、その仕事だって、別の場所に転勤を命じられれば、それに従い、そこでまた働いていくことになるのだ。

前から自転車に乗った人がやってきて、わたしは道を譲る。すみません、とつぶやいた女性は、自分よりも若く見えた。多分大学生くらい。

歩道だって、確かに狭い。

車道に目をやる。終電近い時間帯になると、走っているのはほとんどがタクシーだ。地元のように、車を移動手段にしている人というのは、ここにはほとんどいない。

コンビニの前を通りかかる。駅からの道のりの中で、既に数軒の店舗を目にしていた。

立川と同じで、自分が今の仕事に就きたいと思ったのは、就職活動する際だった。文系であっても商品開発に携われると知り、強く志望していた。

コンビニのスイーツが好きだったからだ。

大学時代、授業やサークルやバイトで疲れて帰るときに、コンビニのスイーツは、自分にとってのちょっとした助けだった。数百円で手に入る癒《いや》しであり幸せだった。季節に応じて変わっていくラインナップを心待ちにしていたし、新しい商品が出ると欠かさずに購入して、味をチェックした。

入社してからというもの、わたしはひたすら、開発に携わりたいと言った。たまにある上司との面談や、部署異動の面接の際に、バカみたいに伝えつづけた。どれほどスイーツが好きで、どれほどコンビニを利用してきたかを。

とにかく商品開発部門に行くことが、わたしの目標だった。それが叶《かな》ってしまった今、次の目標を、自分の中で見つけられてはいなかった。今日訊ねられたことで、それを意識せざるをえなかった。毎月提出する書類に書き込んでいる、当月の目標は、あくまで求められるから書いているものであって、心から願っているものじゃない。わたしは無頓着《むとんちゃく》だ。

とうきょう。もくひょう。とうきょう。もくひょう。

歩きながら、頭の中で繰り返す。自分の足音がいつもと違うものであるように感じられて、ふと足元を見たときに、ラウンドトゥパンプスが目に飛び込む。

昨日の夜に、自分が服装について考えたことを思い出し、それがあまりに遠い日の記憶みたいに感じられる。

立川の服装を思い出す。チェックの半袖シャツに、ジーンズ。カジュアルな格好だった。多分わたしたちは、スカイツリーでも、もんじゃ焼きのお店でも、周囲からは、よくいるカップルのように見えていただろう。

明後日のお昼に帰るという立川は、東京に何をしに来たかということを、細かく言ってはいなかった。明日の夜は大学時代の友だち数人と飲むと話していたけれど、それ以外に特に大きな予定が入っているような感じではなかった。

恋愛に結びつくのかな、と、年始にうっすらと抱いていた思いは、こうして夜道を歩く自分の中には残っていないようだった。立川がどう思っていたのかはわからない。ガッカリさせてしまっているかもしれない。

立川と付き合っちゃえば。

飲み会でそんなふうに言い出したのは、誰だっただろう。何人かの顔が浮かんでは遠ざかる。どれも合っている気がするし、微妙に違う気もする。全員例外なく、結婚した女友だち。

高校時代は、みんな横一直線に並んでいるような感覚があった。もちろん成績も能力も違うけれど、根底にある部分では平等だったし、同じだった。

東京の大学を選んだのも、この仕事を選んだのも、自分自身だ。目の前にある状況は、一つずつ選択して、まぎれもなく自分で築きあげてきたものなのに、どうしてこんなにも迷ったり揺らいだりしてしまうのだろう。なぜ自信を持って言い切ることができずにいるのだろう。

とうきょう。もくひょう。

また繰り返して顔を上げたとき、少し先にあるコンビニの看板が目に入った。ふらふらと近づいていく自分が、光に寄っていく虫のように感じられた。

五

五月の夕方五時は、まだ明るい。青空が広がっていて、長袖シャツではうっすらと汗ばむくらいの、さわやかな陽気だ。気分とは反している。ヒールを履いた足が重たい。

憂鬱《ゆううつ》というのとは違う。緊張しているのだ。

歌舞伎《かぶき》町の店舗訪問の日は、いつもこうなる。前回は寒い季節だった。一月か二月。すれ違う人たちの顔を、思わず気にしてしまう。特に、一人で歩いている女性。派手な格好をした子が多い。薄着だったり、カラフルだったり。髪も染めている子がほとんどだ。

店舗に入ると、いらっしゃいませ、という声。スタッフの一人が、わたしに気づき、すぐに近づいてくる。

「おつかれさまです」

「おつかれさまです」

この店舗に二人だけいる正社員のうちの一人だ。副店長の男性。

「じゃあバックルームのほうで」

制服を着た彼に案内され、バックルームに行く。

「すみません、相変わらず狭くて」

「いえいえ」

口ではそう言ったものの、確かに狭い。たくさんの段ボール箱や、いくつかのロッカーが置かれていて、たばこの匂《にお》いのするスペース。居心地がいいとは言い難い。

「こちらどうぞ」

パソコンの前の椅子《いす》を勧められ、腰かける。わたしが座ると、彼も違うデスクの前の椅子に座る。二人ともパソコンに背を向け、斜めに向かい合う形となる。

「こちらがデータですね」

わたしが来るタイミングに合わせ、用意しておいてくれたらしい書類を手渡される。言葉どおり、そこにはスイーツ類とドリンク類の売り上げデータが記されている。日ごとに分かれ、羅列された数字。

「やっぱりドリンクが人気ですね」

「そうですねー。このあたりに勤めている方たちが、出勤前や帰りがけに買っていかれることが多いんですよね。デザートだと、片手で食べられるものとか。カップ類はなかなか難しいですね」

わたしは頷《うなず》きながらも、このあたりに勤めている方たちという言葉に、さちほの顔を思い浮かべる。記憶の中の彼女は、最後に会ったときのまま、ほとんど化粧っ気のない姿だけれど、実際はおそらく異なっているだろう。わたしが今年二十九歳になるのだから、妹は二十五歳になる計算だ。あんなに小さかった妹も、見えないどこかで年齢を重ねているのだと思うと、感慨というよりも、違和感が胸を満たしていく。

「あと、暑くなってきたので、最近はアイスですね。売り上げ、だいぶ上がってきてます」

男性の言葉に、わたしは意識をまた書類へと向ける。並んでいるのは数字でありながら、単なる数字ではない。これは売り上げだ。自分が作り出してきた商品が、どんなふうに受け入れられたのか、あるいは受け入れられなかったのか、ということを表すもの。

「ドリンクはやっぱりコーヒーが人気ですね」

「そうですね。オリジナルの中だと、無糖のものが一番売れてますかね。メーカーさんのもそうなんですけど」

ここはそんなにスイーツ類の売れ行きがいい店舗ではない。それどころか厳しい部類に入る。ただ、こういう店へのヒアリング調査こそ必要だと感じていた。スイーツ類の売れ行きのいい店よりも、それほどでもない店のデータからのほうが、学ぶことは多いかもしれない。

世間話も交え、情報をひととおり教えてもらったあと、わたしは言った。

「じゃ、売場見せていただけますか」

「はい」

副店長が立ち上がる。彼は店舗スタッフとして採用されているので、転勤などはあっても、部署異動はない。

数年前までは、自分もこんなふうに店舗で働いていたのに、もっと昔のことのように感じられる。一日一日をやり過ごしていくのに必死だった。こんなふうに誰かと会って話をしていても、一時間後にはもう記憶から抜け落ちていたような気がする。

バックルームから売場に出ると同時に、いらっしゃいませ、という声が飛び交った。

「いらっしゃいませ」

わたしもまた声を出す。

入ってきたのは一人の女性だった。わたしよりも若そうだ。明るい茶色の髪がアップでまとめられていて、メイクも濃い。目元は特に、付けまつげなのか、メイクを落とした表情が想像しにくいほどになっている。

さちほじゃない、と即座に判断した。一方では、けれどももしも今、目の前にさちほが現れたとして、わたしは彼女を咄嗟《とっさ》に認識できるのだろうかとも思う。今の女性が絶対にさちほじゃないと言い切れるのだろうか。

最後に会ってから、もう六年が経《た》つのだ。わたしは当時大学生で、彼女は家出した高校生だった。あのときのことは、両親にも話していない。

わたしが四歳のときに、妹であるさちほが誕生した。わたしはそれはそれは喜んだ、らしい。自分自身の記憶というよりも、両親や親戚《しんせき》が言っていたので、そう判断している。

確かに妹が生まれた直後は、母親の真似《まね》をして、面倒を見るのに夢中だった記憶がうっすらとある。実際はもちろん、子育てや手伝いというよりも、人形遊びの延長のようなものだっただろう。実家には、わたしが妹を抱っこしているような写真も何枚か残っているはずだ。

ただ、ベッタリと過ごすような時期は、そんなに長くは続かなかった。自分が小学生くらいになると、一緒に遊びたがる妹をうっとうしく感じてしまっていた。

大きなケンカをするわけではないけれど、何でも打ち明ける関係には遠かった。成長するうちに、気づけば、ずいぶんと離れた場所に位置していた。好みや趣味も、真逆というわけではないけれど、大きく変わっていた。

さちほは、学校で浮いている様子だった。もともと無口なタイプだったし、友だちが多い感じではなかった。勉強もあまり得意ではないようだった。

中学生になったくらいから、学校に行きたがらなくなった。いじめられていたというわけではないと思う。詳しいことはわからない。両親がひどく悩んでいたのは知っていた。ただわたしが聞いたからといってどうにかなるものではないとわかっていたし、そもそも妹自身に、学校に行きたがらない明確な理由があるとも、あってもわたしに話すとも思わなかったから、気づかないふりをしていた。

そのままわたしは高校を卒業し、東京の大学に進学した。帰省するたびに、さちほと、少しは話していたものの、それ以外では別段メールをしたり電話をしたりすることもなかった。話していた内容も、込み入ったものではなく、単なる近況報告めいたものだった。

だから卒業間近の大学四年生の冬に、さちほから突然、お姉ちゃんの家の近くにいるというメールをもらったときはとても驚いた。いきなり東京へ遊びに来るようなタイプだと思わなかったし、それでわたしに連絡してくるというのも意外だった。少なくとも初めてのことだった。

当時わたしは、付き合っていた彼氏の部屋にいた。お昼ごはんのうどんをゆでるため、お湯をわかしているところだった。彼氏に、妹が来ているらしいと伝えると、なんで？　と驚きよりも不審がる様子を強めた。理由はわたしが聞きたいくらいだった。

電話をかけてみると、出た声に翳《かげ》りがあった。泣いているのかと思った。とにかく会って話をしなければいけないと思い、待ってもらうために、自宅の近くにあるカフェの場所を伝えた。口頭で説明し、電話を切ったあとでメールでも送った。

慌ててカフェに向かうと、妹はそこにいた。泣いてはいなかった。どことなく不機嫌そうだった。目の前に置かれたマグカップが空になっていたのを憶《おぼ》えている。不機嫌の理由は三十分ほど待たせてしまったせいかと思い、焦ったけれど、別にそういうわけではなさそうだった。足元には、荷物がぎっしり詰められているのが外側からでもわかる、ボストンバッグがあった。

わたしの部屋に入ると、妹は、狭い、と言った。文句や苦情というよりも、思わずこぼれ出た言葉らしかった。独り言のように響いた。

その狭く、陽当《ひあ》たりの悪い六畳の和室で、わたしは妹と向かい合った。数ヶ月後の引っ越しに備えて、壁際には段ボール箱がいくつも積み重なっているのが、余計にスペースを圧迫していた。さちほは使い古した座布団の上に座ってから、何度か壁のほうをちらりと見ていた。気にしているようだった。

エアコンをつけても、部屋は寒い。わたしもさちほも、上着を脱がなかった。ペットボトルのお茶をマグカップにいれて、電子レンジであたためてから、さちほの前に置いた。

「ありがとう」

そう言って、マグカップを両手で持ち、お茶を飲むさちほは、やけに小さく幼い存在に見えた。いつもと違い、化粧をほとんどしていなかったせいもあるだろう。高校生になってからのさちほは、しっかりと化粧をしていて、ほとんど化粧っ気のないわたしよりもよっぽど大人びて見えた。

「どうしたの、突然」

わたしは柔らかい言い方になるように心がけた。

「家出してきた」

さちほはあっさりと言った。明日の天気予報を伝えるみたいに。

「家出って」

不穏な単語に、わたしは驚きの声をあげた。柔らかい言い方で話そうという心がけが、一瞬にして飛び去ってしまうほどの衝撃だった。さちほはマグカップを持ったまま、首をわずかにかしげた。

「歌舞伎町って遠い？」

突然の質問に、何も考えずに答えてしまった。

「ここからだと四十分くらいかな」

でもなんで、という浮かんだ問いを言葉にする前に、さちほが答えてくれた。

「結構遠いんだね。歌舞伎町のキャバクラに勤めたいと思ってるんだけど、しばらく住ませてくれない？」

「ここに？」

他にもっとするべき質問はあるはずなのに、口から出てきたのは、そんな言葉だった。彼女が頷く。

「彼氏のところにいるんでしょう？　この部屋、あんまり使ってないんだよね？」

そんなことまで言う。彼氏の存在については、前に帰省したときに、お姉ちゃん彼氏いるの、と訊かれたから、いるよ、とだけ答えていた。それ以上の詳しいことは訊かれなかったし、こっちも言わなかった。電話でのやりとりや、部屋の使われていない様子から察したのだろう。実際、めったに自宅には帰っていなかった。四年生に進級し、授業も少なくなってからは、ほとんどの夜を彼の部屋で過ごしていた。彼の部屋のほうが自宅よりも広いし、陽当たりもよくて快適だったのだ。

「そういう問題じゃないでしょう」

姉としてきちんと言わなければ、という思いが、突然湧《わ》きあがってきていた。自分の意見というよりも、姉としての意見という感じだった。

「だいたい、お父さんとお母さんにはなんて言ってきたの」

「なーんにも。家出だって言ったじゃん」

間違っているのはさちほではなくわたしだと言わんばかりの口調だった。

「どうして家出なんて」

さちほはマグカップをテーブルの上に置き、わたしをじっと見た。睨《にら》んではいなかった。目をそらしてはいけないと思い、わたしもじっと見つめ返した。視線はそのままに、彼女が口を開いた。

「中途半端なの、いやなんだよね」

「中途半端？」

意味がわからずに訊き返したわたしの顔を、しばらく黙って見たままだったさちほは、ゆっくりと視線をそらした。変なことを言ってしまったようだった。投げられたボールを受け取れなかったような気持ち。

「家も、学校も、町も、全部中途半端な感じがする。ウンザリする。それなりのものは揃《そろ》ってるけど、本当に欲しいものは置いてない」

用意されたセリフをただ読み上げるみたいな、感情の読み取れない言い方で、さちほは言った。

わたしは黙った。陳腐にも聞こえる言葉だったけれど、どこかわかるような気がして、でも一方では、わかるわかると簡単に同意してしまえない事柄のような気もしたから。

しばらく続いた沈黙を、持て余してしまった。

姉として言えることはなんだろう。

「ともかく、東京に来るなら来るで、きちんとお父さんとお母さんに話さないとだめだよ。もうすぐ卒業式でしょう？　終わってからでも遅くないいんじゃない？　もし働くのをやめるって言うなら、それだって伝えなきゃいけないし」

そう言い、わたしは薄く微笑《ほほえ》んだ。姉として。ただ、うまく微笑めていたかはわからない。

さちほが高校を卒業したら、父の知り合いである税理士の事務所で働く予定になっているのは、話している最中に思い出したことだった。彼女は一瞬わたしの表情を見てから、息をついた。思いが見透かされたようだった。

そして唐突な問いがわたしに向けられた。

「ねえ、お姉ちゃんは、コンビニに就職するんでしょう？」

わたしは頷いた。次に何を言われるのかが、まったく想像できなかった。

「それって満足？」

さちほはもうわたしを見てはいなかった。自分の足元に目をやっていた。

満足ってなんだろう、とわたしは思った。ただ、肯定しなければいけないと感じた。なぜか。

「うん。入りたくて受けたし。もちろん、希望どおりの部署に配属してもらえるかはわからないけどね。これからだし、働いてみなきゃわかんないことたくさんあるから」

「希望の部署って何？」

「デザートの開発部門」

わたしの答えに、さちほはまた何か考え込むような表情を見せた。明るいものではなかった。

「お姉ちゃんはそこでデザートを開発できれば満足なの？」

満足。またも繰り返された単語に、わたしは戸惑ってしまう。満足ってなんだろう。妹は何を知りたいのだろう。

答えられずにいると、またさちほが言った。今度は質問ではなかったし、セリフのようでもなかった。

「あたしはいろんな人と出会いたい。何でもできるって思いたい。あんな中途半端なところで腐っていくのはいやなの」

腐るってそんな、といっそ笑ってしまいたかったものの、さちほの言葉は切実さを帯びていた。だから何も言えなかった。

さっきよりも長い沈黙が訪れて、その間わたしたちは互いから目をそらしていた。中途半端とか満足とか腐っていくとか、妹の言葉が、わたしの脳内を巡っていた。姉として言えることを探しつづけていたけれど、そんなものはどこにもないような気がした。

「やっぱり帰ろうかな」

まだまだ続きそうに思われた沈黙を、ほどくような小さな声で、さちほが言った。

「お金あるの？」

「貸してくれる?」

二人で家を出て、駅前の銀行のATMで五万円をおろし、さちほに貸した。空港まで送ると言ったけれど、いいよ、とあっさりと断られた。乗り換え駅で、気をつけてね、と言い、そこで別れた。一度だけ振り向いた。さちほはわたしを見ていたから、わたしは手を振った。彼女もわずかに振り返した。

そのまま無事に帰るかどうか心配でたまらなかった。空港に行くと見せかけて、別の場所に行ってしまうのではないか。本当は無理やりに引きずってでも、どんなに嫌がられても、空港まで同行すべきなのではないか。

それでもわたしは信じて帰った。寒い部屋に戻り、携帯電話に連絡が来るのを待った。家に着いたら連絡してね、と伝えていたから。

メールは夜になってから届いた。着いたよ、というメールが来て、そのあとでさらに写真が送られて来た。荷物が詰まっているボストンバッグと、さちほの部屋と、さちほの指らしいピースサインが写ったものだった。証拠写真のつもりなのかな、と思った。

おつかれさま、と返信した。それ以上のメールのやり取りはなかった。

少ししてから、さちほは高校の卒業式に出席し、その翌日から行方不明になった。両親から、さちほが帰ってこない、という連絡を受けて、慌てて携帯電話に連絡したけれど、電話はもう通じず、メールも届くことはなかった。あとで知ったことだけれど、卒業式前日の時点で、父の知り合いの税理士のところにさちほから、申し訳ないのですが体調を崩して働けそうにありません、と連絡が来ていたという。

警察に出した家出人捜索願は、受理はされたものの、それっきりだった。わたしは何度か両親に、さちほの突然の訪問について話そうかどうか考えて、結局はやめた。時間ができたら歌舞伎町に行ってもみたけれど、さちほを見つけることはできなかった。

以来、妹は行方知れずのままだ。

新宿駅に向かっていた足をふと止めて、右折する。

今日はこれから職場に戻り、藍田さんなどへのメール返信を済ませて、来週に迫っている試食会議のための資料を作ることになっている。人と会う予定はない。三十分か一時間くらい遅れても構わなかった。

立ち並ぶビルのテナントは、ほとんどが飲食店だ。キャバクラやホストクラブもちらほらとある。スカウトか客引きかわからないけれど、ビルの前に立つ男性が、こちらをちらっと見ては、対象外だというようにまた視線を動かす。

さちほはここを歩いただろうか。

また選択肢が現れて、右か左か迷って、右折する。次の細い道は左に。何も決めずに歩いていく。

たくさんの人とすれ違う。知らない人。知らない人。知らない人。知らない人。

もし今のわたしが、六年前の冬の日に戻れたとして、なんて言うだろうか。

妹がいなくなってから、わたしは何度も想像していた。あの狭い部屋で二人きりで過ごしたわずかな時間に、もしも自分がまともなことを言えていたなら、こんなふうにはならなかったんじゃないのか。もっと掛けるべき言葉があったんじゃないのか。

社会人としての生活が始まって、忙しさに埋もれていく中で、さちほのことを考える時間は格段に減り、それでもふっと思う瞬間があった。時々は夢を見た。夢の中ではいつも、わたしも妹もあの狭い部屋にいた。

妹について考えると、満足という単語も一緒に浮かび上がる。

あのときさちほは、わたしに何度も、満足？　と訊ねた。わたしは答えられなかった。

もしも満足する瞬間があるとすれば、それは仕事を続けていくうちに、ふと訪れるものだろうと勝手に思っていた。けれど仕事を続けて六年以上が経つけれど、今でもやっぱり、同じ問いを向けられたなら、わたしは黙ってしまうんじゃないだろうか。あるいは、本音とずらした返答で濁してしまうんではないだろうか。あのときと同じように。

歌舞伎町の店舗訪問をするたび、さちほがわたしの開発した商品を口にすることもあるだろうか、と考える。コンビニに寄ったときに、コンビニに就職した姉のことを思い浮かべる瞬間もあるのだろうか、と。

角を右に曲がり、通りかかったビルの前で、三人の女性が集まって立っている。格好からして、キャバクラ嬢のように思える。知らない人。知らない人。知らない人。わたしはまた視線を前に戻す。

あたしはいろんな人と出会いたい。何でもできるって思いたい。あんな中途半端なところで腐っていくのはいやなの。

切実な妹の願いは、どれくらい叶《かな》ったのだろう。

何でもできるはずないでしょう、と言ってしまえばよかった。若さは万能ではない。人にはそれぞれの限界があるし、できることとできないことがある。それは正論だ。正論だけど、でも、正しさがどれくらい大切なのか、こんなに歳《とし》を重ねた今でもわからない。正しいものが心に響くわけじゃない。妹の言葉には、正しさなんてなかったけれど、こんなにもわたしの中に残っている。

次を右折すれば、元の道に戻る。

左折したなら、また別の道に出る。

一瞬だけ立ち止まり、右折した。

駅に行き、電車に乗って、職場に戻ろう。メールの返信を済ませて、明日までに資料を完成させなければいけない。あてもなく歩いて、思いを馳《は》せたり、体力をすり減らしている場合ではないのだ。わたしにはするべき仕事があるのだ。

ここが中途半端な場所じゃないなんて、誰にも言い切れない。どこだって、中途半端といえば中途半端だ。何でもある場所は、何でも手に入る場所とイコールじゃない。

数えきれないほどの知らない人たちとすれ違っていく。この中に、満足している人は、どれくらいいるのだろうか。仕事に。自分に。人生に。

意識を仕事に移す。しなければいけないことを、一つずつ具体的に思い浮かべていく。

薄い膜に包まれたような暑さは、夜が近づいてもまだ消えていないが、季節は動いている。もう少ししたら、秋向けの商品を開発していかなければいけない。ほんの少しだけ未来を想像して捉《とら》えていくのが、わたしの仕事の一部分でもある。

赤信号で立ち止まる。道路の向こう側で青信号にかわるのを待つ人たちの中に、妹に少しだけ似た顔の女性がいる。しっかりと顔を見ようとしたわたしの目の前を、大音量を流した、宣伝カーらしきトラックがゆっくりと通り過ぎていく。

六

またこの季節が巡ってきて、自分が憂鬱《ゆううつ》さを抱えてしまうのを止められない。

雨は嫌いではないけれど、こう毎日のようにじとじとと降りつづいては、どうしても気が滅《め》入《い》ってしまう。五月病なんて言葉があるけれど、わたしに関して言うならば、六月病とか七月病というものがあったほうが、よっぽど当てはまる。

地元には梅雨がなかったため、東京に出てきてから、初めて体感することとなり、閉口した。住んでいた部屋は陽当《ひあ》たりがよくなかったせいか、押し入れの上下を仕切る部分や、下の部分の板に、カビが生えかけるのも困った。慌ててドラッグストアで、除湿シートなるものを購入し、押し入れの中身を全部ひっくり返す、大がかりな掃除にまで発展する羽目となった。

ただ、強く思い出して憂鬱さを増してしまうのは、それよりも別の出来事だ。大学時代から付き合っていた彼氏に振られたのも、ちょうど今のような季節だった。夜中で、やっぱり雨が降っていた。

話があるから会おうと言われた瞬間から、その話について、見当はついていた。というか、それ以外はありえないだろうと思っていた。

恋人と別れてしまうのを悲しいとも思わないほど、当時わたしは疲れきっていた。彼にではない。仕事に。

店長としての業務をまかされていた。想像以上の細かな仕事の山に追われて、店舗に勤める、さして自分と歳《とし》も変わらない、あるいは少し上だったりするアルバイトの子たちへの気遣いに疲れ果て、自分自身をすり減らしていた。

全員とうまくやっていける道があるに違いないと信じていたのだ。店舗勤務の人たちのみならず、会社の上司や、他の店舗の社員たち、ひいては一度来ただけのお客さん。細かな不満がどこかから出るたびに、自分の責任だと感じたし、なんとしても解決しなければいけないと考えて焦った。

大学時代のように、時々帰省していたのをやめて、友人たちからの飲みの誘いを断った。そして恋人に対しても、約束の直前や当日になってのキャンセルを繰り返した。学生時代はほぼ毎日のように会っていたのに。

久しぶりに会ったときでも、わたしは自分自身の態度に問題があるのを自覚していた。どこかに出かけようと言われても、疲れているからと断った。彼のおもしろい話も、あんまり楽しく聞けなかったし、口から飛び出すのは仕事に関する愚痴ばかりだった。

愚痴の多さをたしなめられても、反対に苛立《いらだ》ちをぶつけてしまっていた。どうしてわかってくれないの？　というように、自分がいかに頑張っているか、そればかりをアピールして、同じように新卒で社会人として働き出した彼の様子や大変さについては、気にかけようともしていなかった。

その日も、待ち合わせた居酒屋に、わたしは時間に遅れて行った。謝罪の言葉は口にしたものの、形式だけのものであったし、そのことは彼にも伝わっていただろう。

彼は怒らなかった。いいよとも言わなかった。

しばらく二人とも黙ったまま、お酒を飲んでいた。もう一度きちんと謝ろうとしたタイミングで、彼のほうが口を開いた。

「わかってると思うけど」

言われて、ああやっぱりか、と覚悟した。

「このままじゃ付き合っていけない」

わたしは頷《うなず》いた。

「みのりはずっと仕事ばっかりだったじゃん」

そう言われた途端に、今すぐ帰ってベッドに倒れ込みたいような疲労と眠気を感じた。慢性的に睡眠不足の状態がつづいていた。

「みのりはおれとの関係を、どう思ってるの?」

質問を向けられたのは意外だった。わたしの答えによっては、別れない道も残されているということなのだろうか——。彼の望む答えを考えようと思ったけれど、思考が全然働かなかった。本当に自分がこの人と付き合いつづけたいと思っているのか、この人のことを好きなのか、そういうこともよくわからなくなっていた。

「いろいろ申し訳ないとは思う。わたし、余裕なくなってるし。約束もキャンセルしてばっかりだし、遅れてばっかりだし」

「さすがに気づいてるんだね」

彼の口調には皮肉が含まれていた。後で思い返せば、無理もない気もしたけれど、そのときはトゲが指に刺さるような不快感をおぼえた。

「でも今、お店のバイトの子が一人辞めたばっかりで、まだ新しい子も入ってきてないし、時間作ったりはできない。大学生たちが試験期間や夏休みになると、余計にシフトも変則的になってくるし」

わたしの言葉に、彼は不機嫌さをあらわにした。

「それって直す気はないってこと？」

「……うん」

わたしは言った。話を切り上げたかった。

もう別れるなら別れるということで構わないから、さっさと話を終わらせて、部屋でゆっくり眠りたかった。翌日はまた午前中から仕事なのだ。

わたしの到着時のように、また二人とも少し黙った。目を閉じるとそのまま眠ってしまいそうだった。

「バイトがいなくなって、穴が開いた分って、全部みのりが埋めなきゃいけないの？」

彼からの質問の意図がわからず、訊《き》き返した。

「だから、バイトがいなくなって、その分の労働時間って、みのり以外の人たちに延ばしてもらうことはできないの？」

細かく説明され、意味は把握したものの、そんなことを言い出されるのには納得できなかった。わたしは反論した。

「もちろん他の人にも入ってもらったりはしてるよ。でもみんな、都合も事情もあるから」

「自分の都合や事情は関係ないってこと？　自分のもそうだし、おれとの約束だってあったりするわけでしょう」

「ほとんどはバイトだし、わたしは社員で店長だから」

「店長だから、都合も事情もないし、恋人はどうでもいいっていうのもおかしいと思うけど。それに大学の友だちだって。この間の飲み会でも、みんな心配してたよ。みのりと全然会えてないし、働きすぎなんじゃないのかって」

言われたことで、そういえばこの間来ていた飲み会の誘いに欠席の返信をしたことを思い出した。でもそれがどのくらい前のことかはわからなくなっていた。そもそも彼と会うのも、いつ以来だっただろう。

「どうでもいいとは思ってないよ」

「思ってなくても、そう見えるよ」

即座に返され、面倒くささが募ってしまった。不毛なやり取りをつづける気にもなれず、また黙ると、彼が言った。乱暴な口調だった。

「店の子たちにいい顔して、みんなに好かれようとしてるつもりかもしれないけど、余裕なくしてたら意味ないんじゃないの」

苛立ちが生まれ、咄嗟に言い返した。

「じゃあ仕事を全部バイトの子たちにまかせて、自分は何もやらないでいればいいっていうの？　それで満足なの？」

「そんなふうには言ってないよ。極端すぎる」

「知らない仕事に口出すのも、どうかと思うけど」

口にしてから、こんな言い方をしては怒らせてしまうかもしれない、と思い、慌てて顔を見た。怒りというより、悲しみが浮かんだ表情を彼はしていた。

「そうだな。ごめん」

予想に反し、あっさりと謝られたことで、自分がひどく間違ったことを言ってしまった気がした。ごめんなさい、と謝った。小さい飴玉《あめだま》をそのまま飲み込んでしまったような痛みと違和感が残る。

「別れようか」

それまでと異なる、落ち着いたトーンで言われ、わたしはまたも、ごめんなさい、と言った。同意としての謝罪だった。

すぐにでも席を立ちたかった。眠気も疲労も去ってはいなかったし、気まずさがあった。わたしが財布からお金を出そうとするのを見て、行動の意図を察したらしい彼が、いいよ、と制した。でも、とさらに言うと、本当にいいから、と強く返された。ごめん、とわたしは答え、立ち上がった。

「落ち着いたら連絡するね」

言ってから、間違えたと気づいた。帰り際や電話を切る際に、よく口にしていた言い回しだった。落ち着いたら連絡する。そう言いながら、なかなか連絡できないのを繰り返していた。もう別れようとしている相手にかける言葉ではなかった。

「わかった」

座ったままで、こちらを見ずに彼は言った。わたしが連絡しないのをわかっているようだった。だからあえて訂正するのもためらわれた。

店を出ると、雨が降っていた。また雨か、とわたしは思い、この季節はいつもバッグに入れている折り畳み傘を取り出しかけてやめた。濡《ぬ》れて帰りたい気分だった。強い雨ではなかった。

あの夜から、五年が経《た》つ。もう五年なのかまだ五年なのか、自分の中での感覚をつかみかねる。ただ、この時期になると、鮮明に思い出してしまう自分がいるのは事実だった。

「で、これが、もっともあのベーカリーのものに味が近いかなと思います」

藍田さんがそう言いながら出してくれたプリンを、小さなプラスチック製のスプーンですくい、口にする。スプーンは店舗で販売時に付けられるものとまったく同じだ。すくう分量によって風味が変わってしまうかもしれないから、開発時には、同じものを使うように決められている。

口にすると、バナナの甘みに続き、生姜《しょうが》の辛みが広がる。

二口目では、カラメルソースの甘さと苦さもそこに加わった。今日持ってきてもらった四つの中では、これがもっとも生姜の味を感じられる仕上がりだったし、藍田さんの言葉どおり、あのベーカリーのものに近い気がした。

「レシピが手に入ればよかったんですけど、それはできなくて。申し訳ないです」

「いえ、とんでもないです。おいしい」

素直な気持ちだった。

あのベーカリーというのは、数ヶ月前に、藍田さんに誘われて一緒に訪れた店だ。平日の朝限定だというモーニングサービスが人気で、実際にとてもおいしかった。そこで食べた、生姜とバナナとキャラメルミルクのコンフィチュールが強く印象に残り、カップスイーツで似たようなものが作れないかと、藍田さんに相談していたのだ。バナナジンジャープリンにして、ほんの少し苦みのあるカラメルソースを合わせようということ自体は決まったものの、生姜とバナナのバランスは決めかねている。

実際にレシピを開発し、味を調整してくれるのは、メーカー側だ。こちらが、もっと甘くとか、もっとさっぱりとした仕上がりでとか、ざっくりとした意見を言い、それを藍田さん経由で調整担当者に伝えてもらう。今回のように、理想とする味が他社の商品であるような場合には、それを参考にしてもらうことも多い。

改めて、並んだ四種類のプリンを見比べる。色にはさして違いはない。味はそれぞれ、バナナが多いもの、牛乳の風味が強いもの、甘さの強いもの、最後に食べたベーカリーのコンフィチュールに近いもの、となっている。カラメルソースの味は、さらに微調整を頼んでもいいかもしれない。

「じゃあ、僕もいただきますね」

「はい、どうぞどうぞ」

藍田さんが一つ食べては、一旦《いったん》水を飲み、また次のものに手を伸ばすのを見ていた。

「やっぱり四番目のものが近い気はしますね。生姜の風味が効いているし」

「そうですね」

同意してから、今考えていたことを口にした。

「一番目のものを基本にして、もう少し調整させていただいていいですか？　プリン自体もカラメルソースも、ちょっと甘さを足していくようにして……」

「え、四番目じゃなくて？」

藍田さんは、わたしの言い間違いだと思ったようだった。わたしがなおも、いえ一番目で、と言うと、驚いた顔をした。わたしは説明した。

「コンフィチュールの味には、四番目がもっとも近いし、個人的には、これが好きです」

なおも不思議そうな顔をする藍田さんに、さらに言う。

「ただ、生姜が強すぎる気もするんです。辛みが強く感じられるので、辛いのが苦手な方は避けてしまわないかな、と。他社さんの商品でも、生姜と銘打ってはいても、そこまで強いものは意外と少ないですよね。あらかじめ名称に入っているので、バナナが嫌いな方は最初から買わないでしょうから、バナナの風味が強い分には問題ないと思うんですけど」

話し終えると、藍田さんは、そうですか、とつぶやき、考え込むような様子になった。それからゆっくりと口を開いた。

「僕が言うようなことではないと思うんですけど、ひとりごとだと思って聞いてください」

「はい」

わたしは身構えた。

藍田さんは穏やかで温厚な人物だ。もちろん仕事上接している関係だからかもしれないけれど、それだけじゃないと思わせる雰囲気が、確かに彼にはある。

その人が何を言い出すのだろうか。

「全員に好かれるなんて、無理だと思うんです」

彼は本当に、ひとりごとみたいな言い方をした。相づちも打たずに、ただ続きを待った。

「すごく売れてたり人気のあるものって、必ずしも、全員に好かれようって考えて作っているわけじゃないと思うんですよ。もちろんそういうものもあるかもしれない。でも、賛否両論ある商品のほうが、強く好かれる部分もあるのかもしれないって気がします。極端な話、僕たちが心からおいしいって感じるものを作れば、他の百人が受け入れてくれなくても、一人か二人は、同じように感じてくれるかもしれないんじゃないかって」

彼がこちらを向き、わたしたちは目を合わせた。こちらが何か言おうとするより先に、彼が、もちろん一人か二人じゃ困るんですけどね、と言って笑った。だからわたしも、それは困りますね、と笑いながら答えた。

「すみません。勝手に熱くなって」

また穏やかな口調に戻って、藍田さんが言う。確かに話すうちに、ひとりごとという感じは失われていたし、むしろ熱心なプレゼンに近かった。

「いえ」

わたしは首を横に振った。

謝られるどころか、こちらには嬉《うれ》しさすらあった。取引先という関係から生じている発言ではなく、彼自身から飛び出ているものだというのがよくわかったし、内容自体にも納得できた。

藍田さんは真剣に取り組んでくれているのだと、言葉のはしばしから伝わってきた。

いつかもこんなふうに感じたことがあったな、と記憶をたどり、すぐに思いあたった。わたしたちがさくらパウンドケーキを発売した一方で、フラモスのレモンパウンドケーキが人気となっていた時期。あのとき、開発時点でレモンじゃなくてさくらを推してしまったのを、藍田さんはわたしに謝ったのだ。彼はちっとも悪くなかったのに。

「ちょっと考えてみます。また明日ご連絡させていただきますね。メールかあるいは電話か」

「はい、どちらでも大丈夫ですよ。あともちろん、決めるのは滝口さんですし、一番目のものにするということでしたら、その方向で全力でサポートさせてください」

「ありがとうございます」

わたしは頭を下げた。


会社を出ると、雨が降っていた。朝には降っていなかった。いつからだろう。藍田さんは傘を持っていただろうか。

傘を広げて、駅まで歩き出す。足元に小さな水たまりがあるのに気づき、避《よ》ける。

そういえば、別れ話を終えて居酒屋を出たあとも、足元ばかり見て歩いていたな、と思い出すと同時に、あの日言われた言葉がいきなり浮かんだ。みんなに好かれようとしてるつもりかもしれないけど、というフレーズは、別れたのち、仕事をしながらも、幾度となく脳裡《のうり》をかすめていた。

落ち着いたら連絡すると言って別れてから、わたしは彼に連絡をしなかった。向こうからも来なかった。久しぶりに再会したのは、大学時代の友人の披露宴でのことで、そのときは普通に話した。普通に話せることがかえって、自分たちの距離が遠ざかった証《あかし》のように感じられた。

自分が就職してからの彼の様子を思い出すと、申し訳ない気持ちになる。

悪かったのは、明らかにわたしのほうだった。時間をなくし、余裕をなくし、優しさをなくした。過ぎた今では明確にわかることが、わからなくなるほど、仕事に追われていた。

彼は優しい人だった。その彼が別れ際になって、批判めいたことを口にしたのは、わたしがそこまで追い込んでしまったからに他ならない。関係性を持続させることも早々にあきらめて、反省しようともしなかった。

その後も似たようなきっかけで、彼と何かのタイミングで顔を合わせるたび、きちんと謝りたいような気がして、けれど今も実現はしていない。彼にしてみれば単なる過去に過ぎないし、今さら謝られたところで、かえって困惑の材料にしかならないのでは、とも思うからだ。

あのまま店舗勤務の状態が続いていれば、こんなふうに考えることすらなかったのだろうか。商品開発の部署に配属してもらえたのは幸運だったと感じる。もちろんここでだって、大変なことはあるし、悩んでばかりいるけれど。

そこまで考えて、明日までにプリンの方向性を決定しなければいけないことに思い至る。

全員に好かれるなんて、無理だと思うんです。

藍田さんの言葉が頭によみがえる。否定的なニュアンスも、批判的な強さもなかった。思っていることを、彼なりの言葉で伝えてくれているのだとわかった。

ただそれは、居酒屋でかつての恋人から言われたことと似ていた。数年経って、立場も状況も関係性もまるで違う中、奇妙に一致する言葉を投げかけられたのは、単なる偶然ではないような気がした。

今の自分が、あの頃の自分と、どれくらい変わっているのか、あるいは変わっていないのか、見えないものに試されているのかもしれない。

改札を抜ける。周囲には、同じように帰宅する会社員とおぼしき人たちが多い。知っている顔は特に見つけられない。

階段をのぼってホームにたどり着き、電車を待つあいだにも、藍田さんの言葉、かつての恋人の言葉、四種類のプリン、などがせわしなく頭の中を駆け巡っていく。

スイーツ開発は、選択の連続だ。大小の差はあっても、とにかくよりよいと思える選択肢を選びつづけ、仕事は進んでいく。

成功と失敗というのは、ある程度は数字に反映されるけれど、それが正しいのかは誰にもわからない。成功したと思えるものであっても、別の選択肢なら、さらなる成功をおさめていたかもしれないし、その逆もありうる。

学校の勉強であれば、間違った部分は、答え合わせをすればわかるし、次はそこに気をつければいいのだと知ることができる。でもこの仕事はそうじゃない。たとえ失敗があっても、それがどのタイミングにおいてのものだったのか、もっといい答えとはどれだったのかを、知ることはできない。

開発する上で、自分の味覚だけではなく、世の中、というのを念頭に置いてやってきた。見えない多数の人々。彼らが受け入れてくれるものはどれなのか。彼らが好きなものはどれなのか。それで成功したものも、そうでなかったものもある。売り上げにおいて大きな失敗というのは今のところないけれど、かといって、数年続く定番商品になるほどのものも開発できていない。

たまには違うやり方をしてもいいのかもしれない。みんなに好かれる商品です、ではなく、わたしが好きな商品です、と紹介できるものが一つくらいあったって。

予定通りであれば、バナナジンジャープリンが販売されるのは十月で、東京では気温も下がり、夏から秋へと変わっていく時期だ。生姜は身体《からだ》をあたためる効果があるとして取り上げられることが増えてきたという風潮もあり、寒くなる時期に合わせての販売を決めたのだ。

冷え対策となれば、対象の中心となるのは、二十代や三十代の女性なので、わたし自身も当てはまる。わたしがおいしいと感じられるものを選ぶのは、ターゲットからしても外れていないはずだ。

同時進行している商品に、ブランデーショコラケーキがある。プリンの翌週に販売予定だ。そっちはそっちで、ブランデーの分量について悩んでいた。あまり多めにすると、風味はよくなっても、味自体の好みは明確に分かれてしまう。

いっそ、大人のためのスイーツという方向性で、新たなラインを生み出してはどうだろうか。客層はかなり限定されてしまうかもしれないけれど、二十代や三十代の女性は、コンビニスイーツの購買層としては、かなり大きなウェイトを占めている。

悪くない思いつきに感じられ、イメージはすぐさま広がっていく。パッケージも少し凝ったものにしてもらい、他のコンビニスイーツにくらべ、専門店に近いような、本格派であることを打ち出す。コストは上がるかもしれないけれど、その分、多少の単価アップでカバーできるラインの可能性を探る。

忘れないようにメモするため、バッグから手帳を取り出そうとする。傘を持っているので、うまく探れない。やっぱりこの季節は好きじゃないな、と思う。それでもなんとか取り出した、いつも使っている黒いビジネス手帳のメモ欄に、手帳に取り付けている細いボールペンで記入する。

●大人の女性のためのスイーツ
・二十代、三十代女性がターゲット
・スパイスやアルコールなどを強め、本格的に
・パッケージも普段との違いを出す→要相談

電車がやってくるというアナウンスがホームに流れ始めたので、そこまで書いたところで、急いで手帳をしまい、バッグのファスナーを閉める。

明日、藍田さんに、メールではなく電話をしようと思った。四番目でお願いしたいということと、その理由について。藍田さんはこの思いつきを、おもしろがってくれそうな気がした。

七

数時間ぶりに外気に触れて、ここは夏の種類が違うのを感じた。気温自体は東京とそう変わらないはずだけれど、湿度が低く、頬《ほお》に触れる空気がサラリとしている。

車に乗り込んでから、母が言った。今回は両親揃《そろ》って空港まで迎えに来たのだ。バスで一人でも帰れるよ、と伝えているのに、車での迎えが慣習となっている。

「こっちも暑いでしょう？　今日も午後になったら三十度超えるみたいよ」

時刻は午前十時過ぎだ。自宅を出たのは早朝だった。空港までの所要時間と待ち時間は長いけれど、飛行機に乗ってしまえば、飛行時間はそれほどでもない。

「暑いけど、そこまででもないよ、やっぱり」

「東京はもっと暑い？」

「うん。むわっとしてる」

「お母さん、東京には住めないわー。ねえ、お父さん」

「本当だな」

父にも母にも、東京に住むことを勧めたおぼえはもちろんないのに、そんなふうに言う。東京に関するどんな話をしてもここに着地するのだ。家賃の高さ。部屋の狭さ。食べ物の味。両親とも東京訪問の経験は数えるほどしかないはずなのに、いやな思い出でもあるかのように、少し苦さを含んだ口調になるのだ。

「最近はどうなの？」

母に訊《たず》ねられ、答えに一瞬悩む。いつも向けられるこの質問の、正解がわからない。どうって、どうなんだろう。

「うーん、まあまあ。この間ようやく秋に売り出す商品が正式に決まったから、ちょっとばたついてるけど、こうしてお盆には休みもとれたし」

運転席の父の様子を、ちらりと窺《うかが》った。運転中は眼鏡を変えている。年末に帰ってきたとき、老眼だと話していた。

「へー、相変わらず忙しそうね」

聞いておきながら、それほど熱のない返答を母がして、わたしは次に何を言おうか、頭の片隅で必死に探る。

仕事の話をするにしても、どこまで掘り下げていいのかわからない。秋に売り出す商品に関しては、いつもとは違うプロセスがあり、かなり困難が伴っていた。ただ、それらを一つずつわかりやすく説明するのは厄介だし、厄介さを乗り越えて伝えたところで、単なる相づち以上の答えが戻ってくるとは思えない。

「あ、そういえばね、すずちゃん戻ってきてるんだって」

「すずちゃん？」

聞き慣れない名前を問い返すと、母は首を動かし、わざわざ後部座席に座るわたしを見て、従姉妹《いとこ》のよ、と言った。

「ああ、涼花《すずか》ちゃんね」

母の姉の子どもである涼花ちゃんは、わたしと同い年だ。数年顔を合わせていないので、ぼんやりとしか思い出せない。そういえば数年前に、彼女は地元の大学を出て、関西で働いているのだと、母から聞かされた気がする。

「仲良かったじゃない、みのり」

そう言われ、否定するのも面倒になる。確かに小学校高学年くらいのときに、互いの家に遊びに行ったり泊まったりしていた時期があった。ただそれから、二十年近くが経《た》っている。今や互いがどこに住んでいて何をしているのかも把握していないくらいの関係性だというのに。

親の記憶というのは、途中で一度保存されてしまえば、その後に上書きされることはないものなのかもしれない。子どもの頃に好きだった料理を、今も好きな料理として出されたり、自分でも思い出せない遠い記憶を昨日のことのように話されるたび、あきらめに近い気持ちが生まれる。

「で、元気なの？」

「すずちゃん？　元気なんじゃない？　今回ね、彼を連れてくるんだって言って。結婚するんですって。彼に食べ物のアレルギーがあるらしいから、姉さんが、食事どうしようなんて言って悩んでてねえ。関西の人らしいから、もともと料理の味つけとかも違うんじゃないか、なんて気にしてて」

「すずちゃん、結婚するのか」

父が口を開き、母が即座に、言ったじゃない、と少々不満げな声をあげる。

「関西の人なんだね、相手」

「ですって。奈良のどこからしいわよ。向こうのご実家へのご挨拶《あいさつ》はまだこれかららしいけど」

「奈良かあ」

繰り返してはみたものの、修学旅行で一度行ったことがあるくらいで、さほど思い入れはない。ただ、何も言わないのも不自然だし、だからといって結婚そのものについて意見したくはなかった。

もう奈良という部分に、父も母もそれ以上は触れず、車内が静かになる。わたしはなんだか落ち着かず、片手で、隣に置かれたボストンバッグをなでた。

二人が何を思っているのかはわかった。涼花ちゃんが同い年であるということもあり、わたしに結婚の予定がないのかを、あるいはわたしが結婚についてどう考えているのかを知りたいのだろう。

両親が、わたしの結婚を気にする態度と、いまだに子ども扱いするような態度を両立できるのは、ちょっと不思議だ。

「あれ、こんなに大きいスーパーあったっけ」

わたしは窓の外を見ながら言った。少々わざとらしいかもしれないと思ったけれど、父は、ああ最近できた、と答えた。

「そうだ、テンバード寄ってもらってもいい？　甘いもの買いたいから」

オリジナルブランド商品を確認したい。夏のラインナップはどんな感じだろうか。またも父が、わかった、と短く言った。母は特に何も言わなかった。


「みのりは最近どうなの？」

「え」

戸惑ったのは、タイミングのせいもあった。子育ての話を、なんとなく頷《うなず》きながら聞いていたところだったから、話の矛先が自分に向けられるとは予測していなかった。

そしてまた、質問の内容自体も戸惑う理由だった。さして意味のない言葉だと知っているのに。

一昨日《おととい》、空港から実家へと向かう車の中で、母に同じ質問を向けられて、そのときもうまく答えられなかった。今までに何度となく向けられている質問。こうして同級生から問いかけられるのだって、初めてではない。きちんと記憶しているわけではないけれど、お正月にこんなふうに集まったときにも、似たようなことを言われているはずだ。

それでも、最近どう、に対する正解は、やっぱりわからない。

前に集まったお正月から、半年以上の時間が流れている。毎日のように仕事をして、結果を少しずつ積み重ねている。ただ、それを、どんなふうに説明すればいいのだろうか。会議での発言や、作成したプレゼン資料についてや、開発した商品をあげていくことなんて、質問した側だって望んでいないのはわかる。

さっきまで同級生が話していたような大きな変化は、わたしには訪れていない。一軒家を買うことにしたんだ。二人目の子どもができたんだ。子どもが一歳になったんだ。そんなふうに話せることが何もないのだと気づかされる。

「普通だよ。相変わらず仕事はバタバタしがち」

我ながら、つまらない答えだな、と思う。

「そっかー。でもみのりがそういうタイプになるのは、ちょっと意外だったかも。もっと早く結婚しそうな感じだった」

「確かに。子どもと遊んだりする姿もイメージできるもんね。仕事をバリバリするのも似合うけど」

同級生たちに、もっともらしい感じで頷かれ、どう返事をしていいか迷ってしまう。そういうタイプ、というのは、一人暮らしで仕事をしているることを指しているのだろうけれど、ほめられているのか、そうでないのかわからない。

「そうかなあ」

曖昧《あいまい》に笑い、レモンサワーを飲んだ。アルコールを頼んでいるのは、今日集まった女子の中では、わたしが唯一だ。他の同級生たちは、妊娠中や授乳中なのだ。男子の中にも、車で来ているということで、アルコールをとっていない人が少なくない。

「わたし、自分はもっと働くんだー、なんて思ってたけど、気づけばもう二人目までできちゃって。ほんと予想どおりにはいかないよねえ」

一人が、片手で自分のお腹《なか》をさすりながら言う。今妊娠五ヶ月だという彼女のお腹は、気をつけて見てみると、確かにふくらんでいるようだ。

彼女のセリフは自慢なのか嘆きなのか、と考えた一瞬後に、そんなふうに考えてしまう自分を恥ずかしく感じる。かつて仲のよかった同級生の言葉の裏側を探ってしまう行為を。

「結婚とかはまだ考えてないの？」

さっきよりも単刀直入な問いに、わたしはうーん、と言った。

「一人でできるなら、今すぐにでもするんだけどねえ」

わざとゆっくりとした口調で答え、笑った。聞いていた同級生たちも笑ってくれたので安心した。心配されるよりは、笑われるほうがずっといい。

「みのりってばおもしろいねー。でも子ども育てるなら、早いほうがいいかもよ。思ってた以上に体力の消耗激しいもん」

「ほんとだよね。保健体育で教えておいてほしいくらい。習っておきたかったよね。全然眠れないしー」

話に割り込むように、うきゃあ、と子どもが声をあげた。少し離れたところにいる、別の同級生の子どもだ。一歳を少し過ぎたところだという女の子。今日は二人の子どもが連れられてきている。もう一人は抱っこされながら眠っている様子だ。

どう答えていいかわからない話題がつづいている状況を変えたいのもあって、声をあげた子どもが、たまたまこちらを見ていたので、首をかしげて微笑《ほほえ》みかけた。子どもは可愛《かわい》いと思うけれど、自分が産んだり育てたりすることを、まだうまく想像できない。

そういうタイプ、か。

わたし自身、自分は二十五歳くらいで結婚するのだろうと漠然と考えていた。そのくらいで結婚して、三十歳になる前には、二人の子どもを産み、育てていくのだろうと。根拠なんて何もない。なんとなくそういうものだと感じていただけだ。けれど来月二十九歳の誕生日を迎えるわたしは、数年間恋人もいない生活を送っている。

「あ、ねえねえ、立川に彼女できた話って聞いた？」

「えっ」

「え、そうなの？　誰？　うちらの知ってる子？」

「ううん、友だちの紹介で知り合った、年下の子らしいよ。結構下みたい。聞いちゃおうよ。ねえねえ、立川ー」

立川がこちらの方を見て、なにー、と言う。彼と話していた同級生もこちらを見る。目が合わないように、わたしは、自分の手元に視線をうつした。

今日会うのを気まずく思っていたのは、ゴールデンウィークに彼が東京に来て、一緒に飲んだときのことが、なんとなく引っかかっていたからだ。彼の東京をあまりよく思っている感じじゃない言動や、仕事に対する意見の違いが気になっていて、そのあとで彼から来た何通かのメールにも、短い返信だけしていた。

だから今日も、顔を見た瞬間には、おー、と普通の挨拶をしておいたけれど、席はあえて離れた場所を選んでいた。特別な何かがあったわけでもないのに、意識してしまう自分も、意識させてしまうかもしれない状態も、好ましく思えなかったから。

「彼女できたんでしょ？　どんな子なの？」

ほんとに？　と素早く声をあげたのは、立川ではなく、彼の横にいる同級生だ。二つのテーブルに分かれていることもあり、それまではいくつかのグループごとに、違う話題で盛り上がっていたのに、みんなが一斉に立川に注目する。

「誰に聞いたの？」

質問には答えていない彼の言葉は、けれど肯定を意味するものだった。

「彼女の先輩が、わたしの中学校時代の友だちなの。なんか可愛い子らしいじゃん」

「まあ、普通だよ」

やっぱり肯定だった。わたしは立川の表情を窺おうと顔をあげた。すると彼も、ちょうどこちらを見たところで、視線が微妙に合った気がした。わたしのほうが先にそらす。

「写真ないの？」

「ないよ」

「絶対あるでしょ。見せてよー」

「ほんとにないって」

「何歳なの？」

「四つ下だから、えーと、二十五」

「若いじゃーん」

「芸能人で言うと誰に似てるの？」

同級生たちが、口々に質問をぶつけていく。加わろうとは思わなかった。加わったほうがいいのかもしれないけれど、そうしたくはない。

早く話題が変わればいいのに、と、さっきとは比べものにならないくらい強く思った。できるなら今すぐに帰りたいほどの居心地の悪さを感じる。

飲み干したレモンサワーのグラスをテーブルに置いたとき、同級生の一人に問いを向けられた。

「フリーなのって、みのりだけじゃないの？」

さほど大きな声ではなかったのに、みんなが一斉に、わたしに注目したのがわかり、その同級生が恨めしくなる。

「ほんとだね。わたしもはっきりさせなきゃダメかな」

「え、はっきりって？」

予想通りのリアクションを見せてくれたことに安心しながら、言葉を続けた。

「んー、付き合おうかなって思ってる人は、まあ」

「そうなのー？　詳しく教えてよー」

「どんな人なのか気になる」

嬉《うれ》しそうに言葉を重ねてきた同級生たちに、小さく笑いを返す。立川の顔は見ることができない。

　こんなところで、しょうもない嘘《うそ》ついて、何やってるんだろう。

　五時半に集合して、八時半には解散になる。健康的な飲み会とでもいうのだろうか。お正月に集まったときも、確かこんな感じだった。あのあとは数名で二次会に流れて、さらに三次会として、バーに行ったのだ。立川と二人で。

　カウンター席に二人並んで、高校時代に滝口のこと好きだったんだよ、と伝えてくれた立川の声をおぼえている。そのあと背中に彼の手が置かれたこともおぼえている。でも、だからといって、何がどうなるわけではない。

　かつて付き合っていたわけでもないのに、勝手に悲しんでしまう自分が情けない。まったくもって、惨めだ。

八月とはいえ、夜になると少し冷え込む。着ている薄手のカーディガンだけでは心細い気がしてくるものの、こうして歩き出した今、タクシーを拾ってしまうのもなんだかしゃくだ。

まだバスもある時間だと知っていた。タクシーに乗るだけのお金だってある。それでも歩こうと決めたのは、気分としかいいようがない。コンビニに寄って帰るから、と店の前でみんなと別れ、コンビニでアイスカフェラテを買ったときにはもう既に、歩こうと決めていた。

自分が今抱えている感情に、知っているどんな言葉を当てはめようとしても、ズレが生じてしまう。苛立《いらだ》ち、悲しさ、寂しさ、憤り、情けなさ。どれも微妙に当てはまるのに、ピッタリとははまらない。完成の見込みのないジグソーパズルだ。

立川のことが好きなわけじゃない。それははっきりしている。だからこそ、彼に恋人ができたことをいまいましく思っている自分に嫌気が差す。

恋人になるわけじゃないけど、恋人候補のまま存在していてほしいなんて、ふざけた言い分だ。けれど自分の中にそうした思いがあるのは、どうやら事実だった。そうでなければ、こんな苦々しさは生まれるはずないのだから。

カフェラテの透明なカップの外側には、いつのまにか温度差で水滴がついている。半分ほど飲んだところで持て余している。

橋の上にさしかかる。

ここは川の多い町だ。いくつかある橋の中でも、この橋は特に大きくて、町の名前の一部が冠せられている。歩いて渡るなんて、かなり久しぶりのことだ。高校時代は自転車で通っていたりもしたけれど、基本的には、親の車かバスで渡っていた。実際に今も、自分以外に歩いて渡ろうとしている人は見受けられない。

やっぱり今日、飲み会に参加するべきではなかったのかもしれない。お正月にもみんなと会っていたのだし、これなら実家でテレビでも見ているほうがよかった。同級生の一人が数年ぶりに帰ってくるということで、毎年恒例のお正月の集まりだけではなく、急遽《きゅうきょ》お盆にも集まることになったという連絡を受けたのだけれど、考えてみれば、その同級生はそもそも仲がいいわけでもなかったのだし、今日もさして会話を交わしてはいない。

でもこんなふうに考えをとりとめもなく広げていっても、結局は自分自身にたどりついていく。同級生たちが悪いのじゃない。全部、わたし自身の問題だ。

東京の大学に行きたがったのは、自らの好奇心からだった。知らない人だらけの知らない場所で、新たな自分を見つけてみたかった。今の仕事も、まだ結婚していないことも、誰に頼まれたわけじゃない。むしろ両親のわずかな有形無形の反対を押し切ってでも、自分で選んでいることなのだ。

橋のちょうど真ん中あたりで立ち止まった。橋自体や道路は等間隔に設置されたライトで照らし出されているが、下に目をやると、流れているはずの大きな川は、真っ暗でほとんど何も見えない。今までに何度となくこの川の上を通り過ぎてきた。

視線を斜め上にずらすと、近くや少し遠くの建物の明かりが見える。病院、マンション、商店、ホテル。

古代人が、無数の星の中からいくつかを選び取って、星座を見つけ出したように、わたしもまた、たくさんの光の中から何かの形を浮かび上がらせようとしてみる。昔好きだった、点つなぎという遊びのように。

氷が溶けつつあるカフェラテは、買ったときよりも冷たく、身体《からだ》をさらに冷やしていくように感じられる。むしろあたたかい飲み物が欲しくなる。

店の前で別れたとき、誰一人として、二次会については言い出さなかった。みんな帰る場所がある。もちろんわたしにだって実家はあるけれど、意味合いが異なっている。お正月に、三次会に行こうと言い出したのは立川だったけれど、彼は今日、そのことを少しでも思っただろだろうか。あるいは彼女について質問を受けているあいだ、わたしと東京で会ったときのことを、少しでも頭によぎらせただろうか。本当にあれは、特に意味のない、単なる東京観光だったのか。

彼が東京に来た五月から、三ヶ月ほどが経つ。あのとき、彼は恋人の話をしていなかった。黙っていたというわけではなく、実際に付き合っていなかったのだろうと思う。

三ヶ月というあっというまの時間の中で、わたしがやってきたことは、いくつかの商品開発と販売だ。どれもそこそこの売り上げを出している。大きく失敗したというものはない。無駄に過ごしてきたつもりはないけれど、平等な時間の流れの中で、立川が彼女を作ったことに、少なからず動揺している自分がいる。

三ヶ月あれば、恋人を作るのなんてたやすいのだろう。いや、もしかしたら、一ヶ月だって、一週間だって、一日だって、なんなら五時間だって。タイミングが合えば、どんなわずかな時間でだって、人は恋に落ちるし、人生を変えていくのだろう。

たまたま立川は、この三ヶ月のあいだに恋人を作り、たまたまわたしは、この三ヶ月のあいだに恋人を作っていない。それだけの違いだと思う一方、本当にそれだけなのだろうか、と疑問が胸に浮かび上がってくる。

前の彼氏と別れてからというもの、恋愛をしようとは思わなかった。忙しさで余裕をなくしていたからだ。でも本当にそれだけなのか。自分が誰かを好きにならなかっただけじゃなく、誰かに強く好かれた記憶もない。恋愛しようと思えば、いつでもできるような気持ちになっていたけれど、そうではないかもしれない。

建物の明かりは消えない。この町に、わたしのことを恋人にしたがっている人はいないだろう。それじゃあ東京には？　これから先、わたしの人生が何年続くかは、もちろん誰にもわからない。続いていく道で、わたしを待っている人が本当にいるかどうかなんて、どうして確信できるだろう。

車道をいくつもの車が通り過ぎていく。一台ずつ確認しているわけではないけれど、自分と同世代の人たちも中にはいるだろう。見知らぬ彼らや、あるいは今日会った同級生の誰かと、人生を交換できるとしたら、わたしはどうするだろうか。ＹＥＳともＮＯとも即答できないのが、中途半端な立ち位置そのものをあらわしているようだ。

わたしは自分の人生を悪くないと思っている。ただ、満足感は、他の人たちの言動でいとも簡単に左右されてしまうほど、もろくてたやすく崩れてしまう。

会うたびに老け込んでいくように見える両親のことも、気がかりではあった。

「最近はどうなの？」

車の中で訊ねてきた母が、期待していた答えが、なんとなくわかった気がする。開発した商品名を聞きたいのではない。会議での発言を知りたいのではない。立川のように恋人ができたという報告が、従姉妹の涼花ちゃんのように結婚をするんだけどという相談が、母親は欲しいのだ。母だけじゃない、きっと父も。

商品を開発することと、恋人を作ることを、天秤《てんびん》にかける時点で間違っているのだと思う。それでもつい比べてしまう。こんなふうに、気持ちを持て余している夜に。どちらが価値のあることなのだろうとか、どちらが意味のあることなのだろうとか。

商品開発部門に行きたくてたまらなかったとき、上司との面談や、人事担当者との面接で、わたしはひたすらに、自分らしい仕事をやっていけたらと思っている、とアピールした。自分がいかに、コンビニスイーツを好きでいたかということや、どんなに興味を持ってきたかを、経験がない分、とにかく情熱だけで押しきるように話しつづけた。

希望が叶《かな》ったのちも、いまだに気持ちは変わっていない。自分らしい仕事をやりたいと思うし、やれるはずだと信じてもいる。

それなのに、久しぶりに同級生たちと飲んだだけでも、感情は揺らぐ。自分らしい仕事なんて、存在しているのかどうか、危うくなってしまう。わたしのやっている仕事は、誰にも代わりができないなんて言い切ることはできない。今は違う仕事をしている誰かに代わったほうが、もしかすると、数字がアップするかもしれない。

一方で、両親の娘という存在のわたしに、代わりはいない。妹のさちほは、今どこにいるのかもわからない。両親にとっては、わたしの結婚は重要な問題なのだろう。

仕事。恋愛。結婚。出産。すべてをこなすことだってできるはずで、そうしている人たちだっていっぱいいる。それなのに、自分には遠い。

来月、わたしは二十九歳になる。まだ二十九歳と思うけれど、もう二十九歳とも言い換えられる。

いつまでもこんなふうに、橋の上にたたずんでいるわけにはいかない。川に身投げしようとしていると見られないともかぎらない。早く帰らなければ。わかっているのに、靴底がアスファルトに貼《は》りついてしまったかのように、重たく感じられるのだった。

八

「歌舞伎《かぶき》町って遠い？」

新宿駅東口を出て、歌舞伎町の店舗に向かう途中、記憶の中から引きずり出されるのはさちほの声だ。六年前の。

前回の歌舞伎町の店舗訪問の際にもそうだったように、わたしはまた、さちほのことばかり考えている。

突然に姿を消してしまい、今はどこで何をしているのかもわからない、ただ一人の妹。わたしの夢を聞き、それで満足なのかと、何度も問いを重ねてきた妹。今月、どこかで二十五歳の誕生日を迎えたはずの妹。

毎日たくさんの人とすれ違っていて、いちいち顔や様子なんて気にしていないのに、歌舞伎町に来ると、きょろきょろしている自分がいる。偶然会えるなんて思っているわけじゃないし、今たとえ会ったとしても、何を伝えられるかも決めかねているのに。

今日もまたさちほを見つけられないまま、わたしは店舗に到着し、副店長の男性に迎えられた。

「おつかれさまです」

「おつかれさまです」

いつもそうであるように、狭いバックルームに案内され、椅子《いす》に腰かけて斜めに向かい合うと、男性が書類を手渡してくれた。スイーツ類とドリンク類の日別売り上げデータだ。

「いい調子ですよ。ご存知のように、うちはデザートは普段そんなに売れないんですけどね」

「よかったです」

男性の言葉どおり、数字は普段よりもかなり高い売り上げを示している。

既に社内の動きや、別店舗のデータなどからも、秋に売り出した商品が好調であることは把握していた。けれどこうして、現場にいる人から直接声をかけてもらえると、また違った種類の嬉《うれ》しさがじんわりと胸にしみてくる。

わたしの仕事は、商品を開発することだけれど、それはゴールじゃないのだと改めて意識させられる。流通され、販売され、誰かの手に渡ることで、ようやく一つの流れが完結する。数えきれないほど多くの人たちが関《かか》わって、商品を作り出しているのだ。

「珍しいですよね、こうした売り出し方は」

こうした売り出し方というのは、今回のシリーズ展開を意味しているのだとすぐわかった。そうなんです、と頷《うなず》いた。

「すみません、現場にも、ポップやポスターなどでいろいろご負担かけてしまってるかと思いますが」

「いえいえ、とんでもないです。うちのバイトの子にも好評ですよ、新商品」

「ありがとうございます」

小さく頭を下げてから、またデータに目を落とした。やはり他の商品にくらべても、数字がかなり大きい。有名人の力とはすごいものだと思う。

ひとしきり話をして、ポップやポスターが飾られている店内を見学させてもらってから、挨《あい》拶《さつ》を済ませて、外に出た。

今日は冷え込みがあり、薄手のトレンチコートでは、少し寒く感じてしまうくらいだ。もう十一月も近い。

秋物の洋服を買うようになったのは、東京にやってきてからだ。春も秋も、地元ではあまり存在を感じられなかった。夏が終わればすぐに寒さがやってくる。ファッション誌の秋物特集などを見ても、こんな格好じゃあ外に出られないのではないか、と疑問に思っていた。同じ日本の中にあっても、気候はまるで異なるのだと、頭ではなく身体《からだ》で理解していった。

この場所に慣れたつもりでいる一方、まだ溶け込みきれずにいる、転校生のような気分が抜けきっていない。こんなふうに歌舞伎町を歩いていても、旅といっては大げさだけれど、非日常感はどこかに残っている。この場所では、さちほのことを思ってばかりいるせいだろうか。六年会っていないさちほは、わたしの中で確かに、日常よりも非日常にずっと近い存在だ。

つい周囲の人たちばかり見てしまう自分に気づいて、意識を変えるため、新たな商品について考える。

今日は特に約束はないため、このあとは何軒かのカフェやスイーツショップで市場調査してから、会社に戻るつもりでいる。昼食は抜いてきたけれど、ハシゴできる店の数には限界がある。

高校生のとき、食欲は無尽蔵だった。あの頃、一日何食とっていたのだろう。お弁当をお昼休みまで待ちきれずに、こっそりと少し食べたり、テニス部の活動のあとに、部活仲間とファストフード店に寄ってポテトなんかを食べたり、さらにそのまま帰宅して普通に夕食をとったり、眠る前にも菓子パンを食べたり。

運動していたせいかもしれない。でも自分自身の年齢も関係しているのだろう。

味覚自体も変わった。当時はあらゆる甘いものを好んでいた。今も人に比べれば、ずっと好きなほうだとは思うけど、甘すぎるものにはくどさを感じるようになったし、甘いものだけを食べつづけることが難しくなりつつある。昔のように、ケーキバイキングに出かけたりすることもなくなってしまった。

そして最近は、深夜に物を食べることにも注意が必要になった。翌朝、軽く胃もたれしていることが少なくなくなってきたからだ。調査もかねて、コンビニで甘いものを買って食べるのを日課にしているけれど、重たいものは選べない。

体重は高校生のときより軽いけれど、脂肪のつき方も変わってきたようだ。加齢という言葉を、少しずつ意識するようになってきた。

イメージしていた二十九歳の姿には遠く、思考や行動がそんなに大人になったとも感じられないのに、表面的には確実に歳《とし》を重ねている。仕事、結婚、出産、マイホーム。取り巻く話題は変わっていく中、思いだけが追いつかなかったりする。

ずっと子どもでいたいなんていうほど、甘ったれた感傷を持っているわけでも口に出したいわけでもない。年齢なりの自覚が持てずにいることに焦ってしまう。幼いと思っていたさちほも、もう二十五歳なのだ。

見えてきたお店を目指し、歩みを速めた。

藍田さんは、三種類のチーズケーキを持ってきてくれた。

「おっしゃっていたとおりで、やっぱり低温で長く焼くタイプのほうが、風味はより残ってますね。で、こちらが、かなり甘さを控えたものです」

彼の説明どおり、甘さを控えたものというのは、確かに他のものに比べて、だいぶチーズの塩気が強い。スイーツというよりも、おつまみにでもなりそうな感じだ。

「これだとさすがに、甘みが足りないかもしれないですね」

「そうですね。僕もそう感じました」

いつものように、白いシャツを身につけている藍田さんは深く頷き、並んでいるチーズケーキに視線をやる。

「今日中に決められるんですよね」

訊《たず》ねられ、わたしは答える。

「そうなんです。かなりギリギリで。ご迷惑おかけしてすみません」

「いえ、それだけ好調ってことですから、嬉しいですよ」

本来なら、開発にかける期間は三ヶ月ほどだ。なので例年であれば、すでに来年の分に取りかかっているはずなのだが、チーズケーキは、来月末に発売予定だ。今日決定した味のものを、来週には試食会議にあげる。通常はそれからパッケージやセールス方法の会議が行われるが、今回は同時進行で動いている。もっとも、商品開発者は、あくまでも商品そのものや味の担当であるため、普段から特にパッケージなどには関わらない。売り方については、どうしてもこだわりがある場合には伝えていて、今回のチーズケーキが含まれるシリーズというのが、まさにそれだった。

大人のためのスイーツ、というのがわたしの提案したシリーズだった。今月頭に発売したバナナジンジャープリンと、その翌週に発売したブランデーショコラケーキというのが、シリーズ該当商品だ。当初は、大人の女性のためのスイーツ、としていたけれど、名前でそこまで限定する必要はないのではというマーケティング担当からの指摘を受けて、大人のためのスイーツ、に落ち着いた。

普段の商品よりも、スパイスや洋酒の風味を強めて、専門店に近い味わいを出すことが狙《ねら》いだ。原価がかかる分、価格も少し高めになっている。

パッケージも普段とは違うものにしてほしいと意見を伝えたところ、ゴールドをあしらって、高級感のある仕上がりにしてくれた。また「大人には、甘さ以外も必要だ」というコピーが作成され、それを使ったポスターも用意された。普段から新商品のためにポスターやポップといったものは準備してもらえるが、いつもよりも力は入っていた。

熱意や気合をこめてプレゼンし、上司たちの多少の反対を押し切ったこともあり、もしもそれなりの売り上げが出なければまずいと思っていたので、発売時は、いつもよりも緊張感があった。

希望していた商品開発部門に配属されてからというもの、売り上げに関していえば、大きな失敗をしたことはない。裏を返せば、ずっと、そこそこのまま進んできた。

大ヒットしたものは、定番商品として、毎シーズン作られるものとなる。素材によっては、シーズンに限らずずっと。開発担当者が代わっても、引き継がれていくのだ。シュークリームやエクレア、プリンといった、年中置かれているノーマルな商品を除けば、そうしたものはほんのわずかだ。

年に二回、部署異動が行われる。部署だけではなく、転勤も充分にありうる。その時期が近づくたびに、どうかこのまま残れますように、と願い、今のところはかなえられているものの、次の異動時期に残留できるかどうかはわからない。商品開発を希望している社員も少なくないし、大きなヒット商品を出していない現状は、当然考慮されてしまうだろう。

そうしたこともあり、今回のシリーズは、重要な意味合いを持つと感じていた。特に、バナナジンジャープリン。

迷ったときにはいつも、どちらがより広く好まれるか、と考えていた。とにかく受け入れてもらえないことには意味がない。一人でも多くの人に届くようなものを選ぶようにしてきた。

でもバナナジンジャープリンに関しては、そうではなかった。好みが分かれるかもしれないと危惧《きぐ》しつつ、個性があり、自分がおいしいと感じられるものを選んだ。藍田さんが背中を押してくれたのも、強く影響していた。

極端な話、僕たちが心からおいしいって感じるものを作れば、他の百人が受け入れてくれなくても、一人か二人は、同じように感じてくれるかもしれないいんじゃないかって。

そんな藍田さんの言葉は、選択を終えたのちも記憶に残っていた。単に取引先の仕事相手という関係に過ぎない彼が、心から発してくれた言葉であることは空気から伝わってきていたし、内容もそのとおりだと納得できた。

彼とヒット商品を作りたい、と思っている。取引先という垣根を越えて、自分の意見を伝えてくれる彼に、わたしは信頼感を抱いている。だからこそ、二人とも納得できたうえで、ヒットする商品を生み出したい。

わたしだけでなく、藍田さんもまた、異動はけしてありえない話ではない。事実、彼は、わたしにとっては二人目のメーカー担当者だ。前任者の男性もまた、柔らかい物腰で、仕事に誠実に取り組んでいたけれど、藍田さんにはさらなる熱意を感じる。

それに、バナナジンジャープリンは、藍田さんと出かけたベーカリーで口にしたコンフィチュールをきっかけに、思いついたものでもあった。彼に誘ってもらえなければ、できあがらない商品だった。

ところが、結果は意外だった。わたしにとっては。

プリンの売り上げは、さほど悪くないものだった。ネットでの消費者の意見などを見るかぎり、リピーターがそれなりにいる様子だ。好みが分かれるかもしれないという判断は間違っていなかったのだろう。かといって、ヒットには程遠い。

ヒットしたのは、翌週に売り出した、ブランデーショコラケーキのほうだ。売れた理由というのもまた意外だった。ポスターやパッケージといったものではなかったのだ。

バラエティで大活躍している男性タレントが、インターネット上で紹介してくれたのだ。こちらからお願いしていたわけではないので、本当に食べて、おいしいと思ってくれたのだろう。商品写真付きで紹介されていたこともあり、直後からすぐに売り切れの店舗が相次いだ。慌てて製造数を増やし、最近になって、ようやく対応が追いついてきたところだ。どのくらいかはわからないけれど、しばらくは高い売り上げを保ってくれるだろうと読んでいる。男性タレントの紹介を取り入れた、手書きポップなどを書いてくれている店舗も多い。

もちろんショコラケーキも、わたしが開発した商品であることに変わりはない。時間も熱意も費やしている。ブランデーの風味を強めにしたのも、かなりの挑戦ではあった。それでも勝手ながら、思い入れの強さでいうと、バナナジンジャープリンにはかなわない。

売り上げが高くなっているのをふまえて、上層部から、来月発売予定のシリーズラインナップに急遽《きゅうきょ》、ケーキを加えるよう指示がきた。ブランデーショコラケーキと同じくスティックタイプで、洋酒との組み合わせで、というのが条件だった。

それでこうして、ラム酒の風味を効かせたチーズケーキを開発することになったのだ。発売予定だった別の商品は、再来月以降に回されることとなった。

喜びを感じる反面、勝手なことばかり言う上層部に対して苛立《いらだ》ちもある。反対していても、いざ結果がよければ、簡単に手のひらを返し、厳しい要求を突きつけてくる。会議のたびに、組織の中で働くことの不条理を思うけれど、今回は特に強い。それでもやるしかないのだ。なんとしても。

「プリンのほうはどうですか？」

藍田さんに訊ねられ、わたしは少々口ごもってしまう。売り上げデータは、彼とは共有していない。

「んー、まあまあ、ってところですね。悪くはないんですけど」

口ぶりで察したらしく、そうですか、と彼はつぶやいた。一瞬申し訳なさそうな表情を浮かべさせてしまったことが、かえって申し訳なかった。

「個人的には、結構買ってます」

付け足した。何度か購入しているのは本当だ。うちには一部の部署を除いて、社販制度や割引制度といったものはないので、帰宅時に店舗に寄り、普通に購入している。

「僕もです」

藍田さんは言い、笑った。わたしも笑う。

「次もまた頑張りましょう」

真面目《まじめ》な顔に戻って言った彼は、もはや別の会社の社員とは感じられなかった。同じ会社の人たちよりも、ずっと近さを感じている。

「はい。よろしくお願いします」

わたしは言い、並んだチーズケーキを見た。

ショコラケーキは、かなり高い売上額を記録したものの、他のコンビニチェーンとくらべれば、まだまだの数字だ。

不意に、立川と一緒に飲んだときに目標を訊ねられ、自分が、全コンビニチェーンを通しての、スイーツ部門一位獲得と答えたのを思い出した。咄嗟《とっさ》の質問に対して、特に思いつくものがなくてひねり出した答えではあったけれど、嘘《うそ》ではなかった。

うちの会社は、展開エリアがまだすべての都道府県ではないし、店舗数にも上位とは相当の差があるから、よっぽどのことがない限り実現はできない。目標というよりは夢に近いものだ。それもかなり壮大な。

少しでも近づきたい。数字という部分で、きちんと結果を出していきたい。

夏の帰省時、立川に彼女ができたという報告を受けたのを、つづけて思い出す。もう立川と二人で飲むような機会はきっとないのだろうなと思うと、寂しさとはまた異なる、もっと黒さの混じった感情が、胸に広がりかける。

「もしもまだ味の調整が必要なようなら、おっしゃっていただければ、お持ちしますので。今日中は無理ですけど、方向性をお伝えいただければ、なんとか会議までには」

藍田さんの言葉に引き戻されるように、わたしは、ありがとうございます、と答えた。


「みのり、誕生日おめでとうー」

三人の揃《そろ》った言葉に、ありがとう、とわたしは答え、フルートグラスを掲げるだけの乾杯をした。グラスの中身は、妊娠中の一人を除いてスパークリングワインだ。口にすると、ほのかな酸味と甘みが感じられる。ほどよい炭酸が、喉《のど》を通り抜けていくのがわかる。

「ごめんね、お祝いするのが遅くなっちゃって」

「ううん、こちらこそなかなか予定合わなくてごめんね。祝ってもらえるだけありがたいよ」

謝った友人は、目を細めるように笑みを浮かべた。

目の前にいる三人の友人とは、大学時代、第二外国語で選択していたドイツ語のクラスが一緒だったのをきっかけに知り合い、仲良くなった。卒業して以来、顔を合わせる機会は格段に減ったものの、こうして誰かの誕生日など、何かのタイミングには集まっている。今日は、先月末のわたしの誕生日を祝ってくれるということになっていた。四人全員のスケジュールを揃えるのは結構大変で、ほぼ一ヶ月遅れとなったものの、誕生日を記憶していてくれたのも、祝おうと集まってくれるのも、やっぱり嬉しく、ありがたい。

学生時代は、わたしがみんなのスケジュールを確認し、幹事的な役回りをすることが多かったのだけれど、就職してからは別の友人がその役回りを引き受けてくれている。

「おいしいけど、やっぱり甘いなあ」

ノンアルコールカクテルを飲んでいる、唯一の既婚者で、妊娠中の友人が、不満げにつぶやく。まだお腹のふくらみは目立たないし、ずっとお酒が好きでしょっちゅう朝まで飲んでいた彼女が、半年も経《た》たないうちに母親になっているのであろう姿が、今はまだ想像できない。それは本人にとってはなおさららしく、遅れた一人の到着を待っているあいだにも、実感がわかなくて、と話していた。つわりもほとんどなかったらしく、食べ物の趣味も変わっていないということ。

「妊娠したら、自然とお酒が嫌いになればいいのにね」

「本当に思うよ。あとたばこ。わたしは吸わないけど、職場の先輩が、痛みもさることながら禁煙がつらかったって言ってた」

「相当だね」

「でも別のタイミングでは、痛さについても語ってたからね。もう、想像を絶するって。よく痛いとか言われてるけど、そんなもんじゃないって。恐ろしいよ」

「えー、どれだけなんだろう」

「怖いねー」

出産について誰かと話すのは初めてじゃない。地元の同級生たちとはしょっちゅうだ。痛みについても、まだ妊娠もしていない今でも、どれほど耳にしてきたことだろう。

それでもなぜか、気軽さが含まれているのは、話している人たちの状況の違いかもしれないと思う。簡単に言えば、結婚しているかしていないか。わたしたち三人には、まだ結婚の予定はない。わたしともう一人には恋人がおらず、残る一人は恋人はいるものの、カップルそろって結婚願望がまるでないらしく、もしかしたら結婚しないかもしれない、なんて言っている。

自分の結婚願望というものを、わたしは把握しかねている。恋人がいないのだから、結婚なんて遠い話なのには違いないのだけれど、地元に帰って、結婚にまつわる両親からのそれとない探りや、さりげなくプレッシャーを感じさせる発言に触れたり、結婚して子どもたちを連れている同級生の姿を見たり、話を聞いたりすると、焦りが生まれる。もしかするともっと積極的に出会いを求めていくべきなのではないかと、今の自分自身の暮らし方が間違っているようにも感じられる。

やはり、年齢に相応する自覚を持ちきれていないのだろうか。

数日前に歌舞伎町でよぎった思いが、また浮かぶ。RPGみたいに、個人に「レベル」というものがあるなら、わたしは他の人たちよりも低いのではないだろうか。

「二十九歳の目標は決めた？」

カプレーゼのおいしさに盛り上がっているとき、一人からそう訊ねられた。

目標という言葉に、立川に答えた内容が浮かび上がる。このメンバーに対して言うには、ふさわしくないように感じられた。

「どうしよっかなー。やっぱ、彼氏を作る、とか？」

「おお。いいねー。好きな人できた？」

わたしは首を横に振る。

「前の彼と別れてから長いよね。なんだっけ、名前」

わたしは前の恋人の名前を口にした。三人が揃って、ああー、と声をあげる。懐かしさに対する感慨が含まれていた。同じ大学だったこともあり、三人とも彼に会ったことがある。よく些細《ささい》なケンカの相談などにも乗ってもらっていた。

「最近は連絡とったりしてないの？」

「してないよ。共通の友だちとか、先輩の結婚式で何度か会ったりはしたけど」

「彼女できたのかな」

「全然わかんない。さすがに、別れてから一人も付き合ってないってことはないと思うけど」

「みのり、職場には出会いないの？　男の人多いんだよね？」

「会社全体の割合で言えば、八対二くらい」

「男の人が八ってこと？　すごいじゃん！」

驚かれて、慌てて否定する。

「いや、でも、結婚してる人もたくさんいるし、ほとんどの人とは関わらないからね。顔知らない人のほうがずっと多いよ」

「そうなんだ。よく会うって人はあんまりいないの？」

「んー、逆に、同じ会社じゃなくて取引先のメーカーの人とか」

「若い人？」

「三十一歳か三十二歳か、確かそのくらい」

以前カフェでそんなふうに聞いたことを思い出しながら言う。あれは何月だっただろう。突然、雪が降った日だった。

「独身なの？」

「独身」

「え。かっこいい？」

「んー。かっこ悪くはないよ。全体的に薄い感じかなあ。穏やかそうな、柔らかそうな。あ、体型は普通」

わたしは藍田さんの姿を思い浮かべながら答える。

「好きにならないの？」

既婚者の友人が、不思議そうに言う。

「嫌いじゃないけど」

そう言ってから、好きってなんだろう、と思い、でもそんなことを口にしては、中学生じゃないんだから、とたしなめられるに違いないと思った。考えてみれば大学時代、友人たちからはよく突っこまれていた。

好感なら持っているし、信頼もある。それでも藍田さんと恋愛するというのは、あまり想像できない。

想像を広げてから、藍田さんのいないところで、好き勝手な話をしているのに申し訳なさを感じ、矛先を変えた。わたしと同じく、恋人のいない友人だ。

「彼氏できた？」

わたしの質問に、ううん、と素早く否定をし、それから、彼氏じゃないんだけど、と言い足した。

「彼氏じゃないんだけど、って？」

気になったのはわたしだけじゃないらしく、他の友人が早口で質問する。

不倫でもしているのかと心配がよぎったけれど、彼女の口から伝えられたのは、そうではない、別の事実だった。

「仕事の話なんだけど。わたし、今、海外行くこと考えてて。だからしばらく彼氏とかはできないんじゃないかな。なんなら向こうで探してくるよ。イケメン外国人」

「え、海外？」

聞いていた三人の声が、ぴったりと揃った。

「驚きすぎ」

本人は笑う。わたしたちは笑わず、どこに？　っていうかいつから？　と質問を続け、話を促す。

「多分順調にいけば、来年の春には。まだ試験も全部通ったわけじゃないんだけどね。だから残る可能性も充分にあるけど。行くとしたらアメリカ。シリコンバレー」

「シリコンバレー」

思わず繰り返した。聞いたことはあるものの、多分生まれて初めて口にする地名だった。

「サンフランシスコのほう。だからもし決まったら、観光がてら遊びに来てよ」

「どのくらい行くの？」

「三年くらいかな」

「なんで？」

一人の質問に、わたしたち二人は頷いた。そうだ、理由。

「一生に一度くらい、海外生活を経験してみるのもいいかな、って。去年あたりから考えてたんだけど、せっかく今の会社でチャンスがあるなら、活《い》かしたいと思って。英語もずっと興味あったし」

確かに友人は、大学時代から英語が得意で、ドイツ語の出来も、他の三人にくらべてかなり優秀だった。

「寂しいなあ」

「ほんとだよー。寂しくなる」

「時々は日本に出張で戻ってくるし、三年なんてすぐだよ」

あっさりと答える友人の姿に、他の二人とは異なり、わたしは何も言えない。目の前の友人が、大学時代にくだらない話ばかりしてきた彼女とは、違う存在のように見えてくる。

海外で働くという選択肢なんて、一度も考えたことがなかったけど、ありうるものなのだ。少なくとも彼女にはありうるのだ。とてつもなく大きな決断のように思えるそれを、もちろんかなり悩んだに違いないけれど、つかみ取ると決めた彼女は、なんて凛々しいのだろう。

もうとっくに未来にいるのだ。

「試験、まだいくつもあるの？」

「あと一つ。と、最終面談もあるけど、そこで落とされることはほとんどないみたい」

「受かるといいね」

わたしは言った。ありがとう、と答える彼女は、どこか爽快《そうかい》そうな表情をしている。

半年。たった半年で、一人は母親になり、一人は海外勤務となる。そのときわたしは、どんな仕事をして、何を思っているだろうか。

「もし決まったら、送別会しようね」

友人の提案がまだ終わらないうちに、そうしよう、と声を重ねた。

九

月日が巡るのは、なんてあっというまなのか。去年も多分この時期に思ったであろうことを、今年はさらに強く思う。歳《とし》を重ねるごとに一年が速く感じられるという親の言葉を、そんなものか、と話半分で聞いていた時期もあったのに、今となってはそれが、まぎれもない真実であったと実感させられる。

他の多くの会社がそうであるように、十二月は、年間を通してもっともといえるほど忙しい時期だ。

入社するまで知らなかったけれど、コンビニのカップスイーツが一番売れる時期は年末年始だ。一人暮らしをしている層でも、ファミリー層でも、売り上げがアップする。ここ数年は手土産としての需要も伸びているらしい。

そのための準備もかかせない。出荷数を増やすため、材料、工場人員、流通経路、あらゆるものの確保が必要となるからだ。他のコンビニチェーンにしても、年末年始に需要が高まる傾向は同じため、手配は容易ではない。わたしが担当するのは、氷山の一角に過ぎないけれど、それでもいつもより仕事量はぐんと増える。

ようやく忙しさのピークを過ぎた月の中旬、わたしはテストキッチンで、藍田さんと打ち合わせをしていた。

なんとなく次の商品の方向性が固まったところで、話は自然と、近況報告へとうつった。互いに忙しかったこともあり、顔を合わせるのは久しぶりだ。会わなかった期間は一週間ほどなのだけれど、平日は毎日顔を合わせる時期も少なくないため、ずいぶんと新鮮な感じだった。

「毎日寒いですよね」

「ほんとですよね。朝に布団から出るのがつらいです」

他愛もない会話を交わす。

窓がないこのテストキッチンは、季節を感じさせない。冷蔵庫に囲まれた、無機質な眺めの部屋。いつもこの部屋から廊下に出るたびに寒さを再確認して、驚かされる日々が続く。

「にしても、あっというまに十二月ですよね」

「本当ですよね」

実感をこめながら答えた。あっというま。まさにその一言でしか表せないほど、速く過ぎ去ってしまう時間。光陰矢のごとしだ。

「年末年始は休めそうですか？」

「ええ、実家に帰ろうかと思って」

「そうなんですね。どちらでしたっけ」

わたしの答えに、藍田さんは、ああ、とどこか嬉《うれ》しそうに声を出した。以前話したのを、思い出したようだった。

「藍田さんは休めそうですか？」

「ええ、僕も実家で過ごすつもりです」

わたしもまた、かつて彼から聞いた、地元の話をかすかに思い出した。仲のいい弟さんと妹さんはお元気ですか、と言おうとして、寸前でやめた。こちらの妹の話を聞かれることになるのは避けたかったからだ。さちほからは相変わらず連絡がない。わたしにも、おそらく実家の両親にも。

「にしても、イベントが多いですよね、この時期は。寒くなってきたなー、と思ったらクリスマスで、それが終わると途端に年末年始ですからね」

「ね。気持ちの切り替えも追いつかないですよね。しかも、年々クリスマス商戦のスタートが早くなってる感じがしませんか？」

「しますします。十一月くらいから、イルミネーションなんかも始まってますよね」

「そうそう。あまりに早いから、当日はかえって、実感わかないまま終わってたりして。商品開発のタイミングが売り出しの数ヶ月前だから、季節感がずれていっちゃうんですよね」

「クリスマスはどこかでお祝いされるんですか？」

「いえ、特には。二十四日も二十五日も普通に仕事して、普通に帰ります。あ、ケーキは予約しておきましたけどね。自社商品を」

冗談めかして答えると、藍田さんは笑わずに、真面目《まじめ》な顔でこちらを見た。どうしたんですか、と聞こうとしたところで、低姿勢に切り出された。

「あの、もし、ほんと、もしよかったらなんですけど、二十四日の夜、一緒にごはん食べませんか？」

待ち合わせ場所として指定されたのは、会社とうちの中間あたりに位置する駅前だった。さほどさかえている場所ではない。多分、以前話した自宅の場所を記憶していて、気を遣ってくれたに違いなかった。彼の職場からも家からも便利な場所ではない。

先に着いたのは、わたしのほうだった。寒いようでしたら入っていてください、と教えられていたコンビニはすぐに見つかったけれど、暖房が効いた電車に乗ってきたことで、顔が熱いくらいだったので、そのまま外で待つことにした。ひんやりとした風も心地よく感じる。

視線を下げる。自分の履いている黒いシンプルなパンプスが目に入る。

今日は社内業務のみで、外部の人と会う予定はなかったので、カジュアルすぎなければ何を着てもよく、それは余計に服装を迷わせた。クリスマスイブの夜、という状況を考えれば、華やかなものでもよかったのかもしれないが、結局わたしが選んだのは、いつもと何ら変わらない、無地のクリーム色のシャツだ。下に合わせた千鳥柄のパンツは、めったに穿《は》かないものなので、そこだけが変化だ。ベージュのコートも、黒いバッグも、いつもと同じ。

「すみません、お待たせしちゃいましたか」

そう言いながら現れた藍田さんは、黒いコートを着ていて、下には白いシャツと黒いパンツを合わせているのがわかった。わたし以上に、いつもどおりの服装だ。自分の洋服選びが間違っていなかったことに安心した。

「いえ、大丈夫です。今着いたところです」

「寒かったですよね。すみません」

「本当に大丈夫ですよ」

急いだのか、藍田さんは少々息を切らしている。

「あの、それでお店なんですけど」

「はい」

「お蕎麦《そば》かおでんか焼肉だとどれがいいですか？」

「え」

てっきり予約しているものと思っていたので、選択肢を与えられたのは意外だった。こちらの驚きが伝わってか、あらかじめ、お好きなもの聞いておけばよかったんですけど、すみません、と謝られてしまう。申し訳なくなり、早口で答えた。

「いえ。あの、どれも好きです」

「僕も好きです。でも、これじゃあ決まらないですよね。どれも近そうなので、行ってみて、入れそうなところにしましょうか」

「はい」

歩き出す彼の手には、何枚かの紙が握られている。お店の場所が印刷されているようだ。どうやら知っていたわけではなく、調べておいてくれたのだとわかった。

「調べてくださったんですね。ありがとうございます」

「いいえ、全然。クリスマスイブでも入れそうなお店を探したので、あんまり雰囲気はしゃれてないかもしれないですけど」

「楽しみです」

わたしは答えた。よく知らない駅で、藍田さんとクリスマスイブの夜を一緒に過ごすことの、奇妙さを抱えながら。

「くだらない話ですけど、聞いてもらってもいいですか」

蕎麦屋で向かい合い、そう切り出した藍田さんは、テストキッチンで誘ってきたときと同じように真面目な顔をしているけれど、顔色自体は赤らんでいる。少し前から飲み始めた日本酒のせいだろう。酔っぱらっている彼を見るのも、そもそも一緒にお酒を飲むことも初めてだな、と改めて意識した。わたしもまた同じように、赤くなっているのかもしれない。

「好きな子がいるんです」

好きな子？

さっきまでの仕事の話からいきなりの切り替えを見せた藍田さんの話の急展開に、告白という単語が胸をよぎった。クリスマスイブに食事に誘われた意味を探っていた。なんでもないことのように振る舞っていたのは、かえって意識していたからだ。この店に入ってから、あえて、クリスマスという単語は口にしないようにしていた。空気を変えるのはいやだったから。

もしここで告白されたら、わたしはどう答えたらいいのだろう。目の前にいる彼に抱いている気持ちは、漠然とした好意や、仕事仲間としての信頼だ。それらは恋愛感情とは異なっている。ただ、つながっていくものかもしれないし、膨らんでいくものかもしれない。それはわたしにも、多分誰にもわからないことだ。

ひとまず、彼の言葉を聞かなくてはいけないと思った。わたしはゆっくり頷《うなず》いた。

「中学時代の同級生で、中学高校と同じ学校で。今では彼女は地元に勤めてるから、そんなに会うこともないんですけど」

違う。わたしじゃない。

すぐに気づいて、自分の勘違いに、思わず笑いそうになるのをこらえた。恥ずかしさと、そりゃあそうだよね、という納得が同時に湧《わ》きあがる。

わたしの狼狽《ろうばい》は気づかれなかったらしく、藍田さんは話を続ける。

「高校時代の同級生と付き合ってるんですよ、今。そいつはおれの親友で」

「え」

つい声が出た。藍田さんは少し慌てる。

「いや、違うんです。別に奪われたとかではなくて、むしろ、おれがそうしてしまったというか」

藍田さんは日本酒を飲んだ。彼の一人称が、いつものように僕ではなく、おれになっていることに気づく。

「彼女とは中学のときから仲がよくて、家もわりと近かったから、話す機会が多くて。三年生になったある日、告白されたんです。向こうに。でも付き合うとかわかんなかったし、冷やかされるのもいやだったし、サッカーに夢中だったし。あ、サッカー部だったから」

言われて、目の前で顔を赤くしている彼が、サッカー少年だった姿を思い描いてみようとする。きっと顔はそんなに変わらなかっただろう。グラウンドで部員同士、声をかけあっていた姿を想像するものの、想像の中の彼の姿は、かつてのわたしの同級生の姿に変わる。

「だから返事を曖昧《あいまい》にしたままで。まあ、向こうも察したのか、なんとなく口をきく機会も少なくなって、そのまま卒業して」

　わたしがあまりにじっと見つめていたせいか、彼は顔をあげると、ほんとすみません、と気まずそうに笑った。つまらない話をして、ということだろうけれど、つまらないとはまったく思わなかったので、わたしは首を横に振り、続けてください、と言った。心からの思いだった。続きが気になっていた。

「それで、同じ高校に進学して、たまたま同じクラスになって。こっちはちょっとだけ気まずいなって思ってたんですけど、向こうは普通に話しかけてくるんですよね。相変わらず明るく、にこにこして。ああなんだか本当にいい子なんだなあ、ってわかって、思えば、それくらいから意識するようになったのかもしれない。自分のことをまだ好きでいてくれてるような気もしたし」

　何かを思い出したのか、眼鏡の奥の目を細めた藍田さんのことを、かなり昔から知っているような感覚にとらわれていた。彼が話している高校のクラスに、自分自身もいたような、そんな感覚。わたしも酔っぱらっているせいかもしれない。

「一方で、同じクラスに、新しい男友だちもできた。すごくいいやつで、毎日しょうもない話ばっかりしてたんだけど、本当に楽しかった」

目を細めたままで、彼はふっと笑った。

「そいつがある日、好きな子がいるって言い出して。誰だよって聞いたら、彼女の名前を言ったんですよ。藍田は中学も一緒だし仲がいいけど、もしかして好きなのか？　って。きっと確かめたかったんだと思う。違うって言いました。自分でもハッキリわからなかったし。いい子だなあって思っていたけど、恋愛とかじゃない気もしてたから。もちろん中学時代に告白されたことは話さなかった。そんなの言う必要ないからだって思ったけど、もっとずるい気持ちがあったのかもしれない」

「ずるい気持ち？」

「そいつが告白してもうまくいかないだろうって思ってたんです、正直。まだ彼女はおれのことを好きでいてくれてるんじゃないのかなって」

ずるいのか、そうでないのか、わたしにはわからなかった。ずるいと言われればそんな気もするけれど、同じ立場だったとして、告白されたことを話さないのは当然だとも思う。わたしは同意も否定もしなかった。

「二年生になって、三人ともクラスがバラバラになったんだけど、男友だちがすぐに告白したんです。告白するってことも聞かされてて、別に止めなかった。で、彼女の返事が」

「返事が」

「ＯＫだったんです。二人は付き合い出しました」

予想していた展開だったが、勝手に藍田さんの立場になって、裏切られたようにも感じられた。彼のことも彼女のことも何も知らないのに。

「でも二人ともいいやつだったし、変わらず仲良くしてました。たまに彼女の友だちも一緒に、ダブルデートみたいに四人で遊んだり、そんなこともあったし、結構楽しかった」

高校時代の友だちと、友だちの当時の年上の恋人と、三人で出かけたことがあるのを唐突に思い出した。大学生だったその人の車で、ゴールデンウィークに夜桜を見に行ったのだ。この瞬間まですっかり忘れていた、きっと友だちだって忘れているに違いない記憶だ。もう顔も思い出せないその人には、二度と会うことはないのだろう。

「ただ皮肉なことに、一緒に遊んだりしていると、彼女のよさばっかり目に入るんだよね。友だちの隣で笑ってるその子が、あれ、こんなに可愛《かわい》かったっけなあ、なんて思えてきて。一度、彼女の友だちから誘われて、二人きりでデートっぽいこともしたんだけど、あんまり盛り上がらなくて、結局おれは彼女ができずじまい。そのまま別々の大学に行って、めったに会うことはなくなりました」

「会わなくなったんですか」

「夏休みとか年末年始とか、実家に帰ったときは、ちょこちょこ集まったりもしてましたけどね。あと、男友だちのほうとは、二人で飲んだりすることもあったんだけど、彼女のほうとはほとんど」

「それでも」

それでもずっと好きでいるのはどうしてですか？　と聞こうとしたところで、彼が察したのか、今度は就職してからなんです、と言った。

「就職したときに彼女から、研修があって、一年間、東京で暮らすことになった、っていう連絡が来たんですよね。多分おれが東京で就職するっていうのを聞いたんだと思う。それでまあ、せっかくお互い東京にいるならってことで、時々飲みに行ったり、観光にも出かけたりして。東京タワーとか浅草とか。ベタな観光」

藍田さんは笑った。わたしは、同級生である立川とスカイツリーと浅草に行ったことを思い出した。ゴールデンウィークのことだったから、もう半年以上が経《た》つ。あの日の暑さと今日の寒さを思えば、それくらい経ったことはけして不思議ではないのに、やっぱり時間の流れの速さを思わずにはいられない。

「彼女はまだ友だちと付き合ってたんだけど、悩んでもいた。細かいことはおれには言わなかったけど、考え方の違いとか、あと友だちの些細《ささい》な浮気みたいなのもあったみたいで。本当に浮気なのかわからないし、勘違いかもしれなかったんだけど、そこはおれには謎《なぞ》です。大学時代には二回くらい別れてた期間もあったみたいで、それは彼女じゃなく、友だちから聞かされてたんだけど」

高校時代から付き合っていたカップルが、大学時代に別れてしまうなんて、わたしの周囲でもしょっちゅうあることだったので、藍田さんの話は納得できた。むしろ社会人になっても、一応とはいえ付き合いが続いていた彼らのほうが奇跡に近いのだろう。

「一回だけね、酔っぱらった彼女が、『もし藍田と付き合えてたら、わたしたち、どうなってたんだろうね』ってつぶやいたんですよね。おれはちょうどそのとき、大学時代から付き合っていた子と別れたタイミングだったっていうのもあって、付き合おうよ、って告白しちゃいたかった。でも言えなかった。友だちの顔もよぎったし、何より、彼女に幻滅されちゃいそうで怖かったから」

テーブルの上の、あいた小鉢を片付けにきた店員さんに、飲み物を訊《たず》ねられ、わたしたちは飲んでいたのと同じお酒を頼んだ。気づけば二人とも、グラスは空っぽになっていた。

「彼女は一年間の東京研修を終えて、地元に戻って、結局そいつとそのまま付き合いつづけてます。で、今日、友だちはどこかで彼女にプロポーズをしているはず。いや、もう、し終わったかな」

「今日？」

腕時計をちらりと見た藍田さんに対して、わたしは驚きの声をあげた。今日？　プロポーズ？

「今月頭に友だちの東京出張があって飲んだんですよ。そのときに、クリスマスイブにプロポーズしようと思ってるんだ、って打ち明けられました。彼女は多分受けると思いますよ。むしろ遅いって怒ってるんじゃないですかね」

藍田さんの口調には、いつのまにか、敬語が戻っていた。

飲み物が運ばれてくる。わたしたちはお互いに、黙ってお酒を飲みながら、多分二人して、プロポーズのことを考えていた。どこで会って、彼は何を言ったのか。彼女がどう答えたのか。二人について名前すら知らないわたしまでも。

「いいんですか」

わたしは言った。

「いいも悪いもないですよね」

藍田さんは即答した。答えが用意されてたみたいに。

「でもよかったです。こうやって話せて。滝口さんには、ほんといい迷惑だと思うんですけど」

藍田さんが頭を下げるので、わたしは、そんなことないです、と言った。

もしかするとそういう事情を抱えているからこそ、わたしを誘ったのかもしれないな、と思った。きっと友だちからも彼女からも遠い存在を選びたかったのだろう。

「もう大丈夫ですか」

「大丈夫じゃないと、まずいんですけどね」

遠回しな言い方ではあったものの、余計に彼のつらさや複雑な感情が伝わってくるようだった。顔を上げた藍田さんは、ははっ、と小さく笑った。今にも消えてしまいそうな笑い声だ。

わたしは、話を聞きながら浮かんでいた疑問を口にした。

「今まで、他に好きな子はできなかったんですか」

「いや、そんなことはないですけど」

素早い否定だった。

「でも、付き合ってる子と別れたりするたびに、考えちゃってました。彼女のことを。というか、多分、自分が逃したタイミングのことを」

「逃したタイミング」

わたしは繰り返した。

「後悔ばかりしていたんです。何度も」

後悔を音であらわすなら、こんな発音になるんだな、というくらいしっくりとくる言い方で、藍田さんは言った。

「告白されたときに、付き合えばよかった。友だちに打ち明けられたときに、おれも好きなんだと言えばよかった。告白なんてやめておけよと言えばよかった。大学時代、二人が別れていると聞いたときに連絡してみればよかった。彼女から相談を受けたときに、付き合おうよ、と言ってみればよかった」

言葉はよどみなかった。それは彼がそのことを、繰り返し、本当に繰り返し、考えてきたのだろう証拠のようにも感じられた。

「情けない話ですよね、ほんと」

藍田さんの言葉に、わたしは首を横に振った。

わたしたちはまた、黙ってお酒を飲んだ。

藍田さんの言うことは、すごくよく理解できた。藍田さんにとっての彼女のような存在は、わたしにはいないけれど、それでも、逃したタイミングと言われて、思いあたるものはたくさんある。

わたしは、自分でも回転が鈍くなっているのがわかる頭の片隅で、立川のことを再び思い出した。滝口のことを好きだったと言われてから、約一年が経つ。彼はあれから地元で彼女を作り、わたしは今もここにいて、クリスマスイブに藍田さんとお酒を飲んでいる。

選ばなかった道の向こうに広がっていた景色を、わたしは知らない。それらは選ばなかった、選べなかった先にあるものだからだ。ただここにいる、ここからの景色しか、わたしには見ることができない。

「点つなぎって、わかりますか?」

「てんつなぎ……?」

わたしの質問に、藍田さんは不思議そうな顔をして、ただ言葉を繰り返した。

「点の横に数字が書いてあって、その順番どおりに線で結んでいくと、形になるんです」

「ああ、わかりました。子どものときにやったやつだ。あれ、点つなぎっていうんですね」

わたしは頷いた。

「あれがすごく好きだったんです」

藍田さんは何も言わない。何の話をするのか、つかみかねているのだろう。わたし自身だって、自分がどんなことを言うのかわかっていない。続けた。

「時々、思い出すんです。仕事で何かを選ぶ瞬間って、すごく多いじゃないですか。ほとんどが選ぶことって言ったっていいかもしれない。Aにするのか Bにするのか、誰も決めてくれない。ちょっと待ってほしいって思っても、誰も待ってくれない」

「わかります」

「だから選びつづけているんですけど、それが正解だったのか、時間が来るまで、ううん、時間が来たってわからないんです。もしかしたら選ばなかったほうがいい道だったのかもしれないし、ひどいことになったのかもしれない」

自分でも着地点がわからない話を、探りながら続けていくうちに、頭の中で、いろんな人の姿や商品の形が巡っていた。立川、かつての恋人、地元の同級生たち、両親、さくらのパウンドケーキ、レモンのパウンドケーキ、バナナジンジャープリン……。わたしが選べたもの。わたしが選べなかったもの。

「それでも、信じるしかないんだと思ってるんです」

「信じる？　自分をですか？」

「自分を、というか、自分が選んだものが間違ってなかったってことを。浮かび上がる形を」

「浮かび上がる、形」

藍田さんはゆっくりと繰り返した。なにわけのわからないこと言ってるんですか、と言われてもおかしくない話を、真剣に聞いてくれている彼は優しいな、とぼんやりと思った。そういえばずっと優しかった。親切で、熱心で、頼りになる存在でいてくれていたのだ。

「点つなぎと同じだなって思うんです。自分が選んでいったものを順番につなげていったら、何か形が浮かび上がるんじゃないかなって。それがどんな形なのか、いまだによくわかってないし、いつになったらわかるのかもわからないんですけど」

「つなげていく、か」

藍田さんはまた何かを考え込むような表情を見せた。友だちのプロポーズのことを思っているのかもしれないし、あるいは全然別の、まるで関係のないことを思っているのかもしれない。いずれにしても、わたしには知ることのできないものだ。

「その形がどんなにいびつでも、全然形になっていなかったとしても、必要なんだと思うんです。自分で好きなように点を打って線を引けるのって、すごいことだから。小さい頃は、渡された紙に描かれた点にしたがって、ただそのまま線を引くだけだった。でも今は、好きなところに点を打ち、好きなようにつなげていける。その分、責任だって大きいし、大変なこともたくさんあるけれど、でも、なんて尊くてすごいことなんだろうって思うんです」

自分が酔っているのを実感する。ところどころ言葉を噛《か》んでしまう。きっと何を言っているのか、全然わからないだろう。それでも頷いてくれる藍田さんに、少しは伝わっているものもあるんじゃないかと思えた。信じた。そして何よりも、わたしは自分に言いたかったのだと気づいていた。

あんな中途半端なところで腐っていくのはいやなの。

今はどこにいるのかわからない妹のさちほが、かつて口にした思い。ずっと返す言葉が見つからなかった。今だって同じだ。

でももしも、目の前にさちほが現れて、同じ言葉を投げてきたのなら、きっとこう言うだろうと思った。姉としてではなく、自分の実感で。

大丈夫。腐らないよ。選びつづければいいいんだよ。

「選びつづけたいんです。苦しいけど、しんどいけど、でも選びつづけたいんです」

こんなところで何を言っているんだろう、と思いながら、わたしは言葉を重ねた。藍田さんはいつもの柔らかさを含んだ顔で、ただ頷くのだった。それでもなんだか違う人に見えるのは、彼が酔っているせいかもしれないし、わたしが酔っているせいかもしれないし、思いもよらない話を聞かされたせいかもしれない。

きっと今頃、彼の地元では、彼の男友だちが女友だちにプロポーズを済ませ、二人は幸せな気持ちに包まれている。それすら、藍田さんが選びとった幸せと言える気もした。でも口には出さない。今夜どれだけの恋人たちが、どこかで幸福さを感じたり、噛みしめたりしているのだろう。

カップルたちのことを思ったからというわけではなく、クリスマスイブに、すいている蕎麦屋で、藍田さんと向かい合っているこの景色を、わたしは愛せると感じた。これは確かに、自分が選びとった点であり、引いた線なのだと信じられた。

「次のスイーツ、日本酒を使ったものっていうのはどうですかね」

ふっと思いついたことをそのまま口にすると、いいですね、と藍田さんは即座に身を乗り出した。眼鏡の中の彼の瞳が、急に強さと光を増したようにさえ感じられる。

わたしたちは顔を見合わせ、にやり、と笑った。にこり、でも、ふわり、でもなく、にやり、というのがふさわしい笑いだった。わたしたちにはまだまだ一緒にやれることがありそうな気がした。

謝辞
本書の執筆にあたり、ミニストップ株式会社第一商品本部スイーツ商品部の頭川里映さんに取材させていただきました。心より感謝申し上げます。

初出　月刊「ランティエ」２０１４年2月号～10月号

装画　菅野裕美
装幀　片岡忠彦

著者略歴

加藤千恵（かとう・ちえ）
1983年北海道生まれ。立教大学文学部日本文学科卒業。2001年、歌集『ハッピーアイスクリーム』で高校生歌人としてデビュー。2009年には『ハニー ビター ハニー』で小説家デビュー。現在、小説、短歌にとどまらず、詩、エッセイ、漫画原作など、幅広い分野で活躍している。著書『いろごと』『こぼれ落ちて季節は』『卒業するわたしたち』『あとは泣くだけ』『その桃は、桃の味しかしない』『誕生日のできごと』ほか。

Kadokawa Haruki Corporation

加藤千恵

点《てん》をつなぐ

*

2015年1月18日第一刷発行

発行者 角川春樹
発行所 株式会社 角川春樹事務所
〒102-0074 東京都千代田区九段南2-1-30 イタリア文化会館ビル
電話03-3263-5881（営業） 03-3263-5247（編集）
印刷・製本 中央精版印刷株式会社

ISBN978-4-7584-1253-7 C0093
http://www.kadokawaharuki.co.jp/

角川春樹事務所

君のいた日々

藤野千夜

*

〈妻を失った夫〉と〈夫を失った妻〉の、
それぞれの世界から、ふたりのかけがえのない
大切な瞬間を紡ぐ究極の夫婦愛。
大切なひとをなくした人に、
そして、今、大切なひとがいる人に——。

四六判並製
定価／本体 1400円＋税

角川春樹事務所

スタンダップダブル！

小路幸也

＊

弱小だった神別高校野球部が、
北海道の旭川支部予選を勝ち抜いていく——。
彼らの不思議な強さの「秘密」に興味を持った
全国紙スポーツ記者の前橋絵里は、
やがて、ナインが甲子園を目指す
特別な「理由」を知ることになり……。

四六判並製
定価／本体 1500円＋税